呪われ聖女、暴君皇帝の愛猫になる

溺愛されるのがお仕事って全力で逃げたいんですが？

小蔦あおい

23031

角川ビーンズ文庫

CONTENTS

イザーク
「雷帝」と恐れられる
アルボス帝国の若き皇帝。
なぜかシンシアを
敵視しているらしい。
呪われ聖女、
暴君皇帝の
愛猫になる
人物紹介

ルーカス
シンシアの幼馴染みの
神官・詩人（バルド）。
シンシア
アルボス帝国の聖女。
呪いで猫の姿になってしまい、
なんとイザークの
愛猫に！
リアン
歴代聖女の世話人。
年齢不詳の
不思議な女性。
シャルロッテ
イザークによって
ユフェ付きの侍女に任命。
動物と会話できる力を持つ。

本文イラスト／霧夢ラテ
キャラクター原案／群青街

プロローグ

荘厳な装飾に包まれたアルボス帝国の宮殿内では新皇帝即位を祝して豪華な宴が開かれていた。他国の王族や大使、国内の貴族など、招待された来賓は和やかな雰囲気で歓談している。しかし、少女の悲鳴と液体の零れる音が突然辺りに響き渡り、その平和な空気を一変させた。

音を耳にした来賓たちが好奇の眼差しを向けた途端、場は一気に凍りついた。何故なら本日の主役、アルボス帝国皇帝・イザークの真っ白な正装にトマトジュースが零されていたからだ。

さらさらとした黒髪に鋭い紫の瞳、彫りが深い精悍な顔立ち。その厳めしい雰囲気によって正装の染みは返り血を彷彿とさせ、より一層彼を凶悪なものに思わせた。

「申し訳ございませんっ!!」

彼の正面には平謝りに謝る少女の姿があった。他の来賓たちのような美しいドレスや華美な装飾品はなく、身に纏っているのはシンプルな白の祭服で頭にはヴェール状の頭巾を被っている。

(どうしよう。大変なことをしてしまった……!!)

祭服に身を包む少女――シンシアは目の前の光景に顔を青くして身を震わせていた。頭を下げれば手の中にあるグラスが視界に入る。少しだけ残っているトマトジュースを見ているとなんだか恨めしい気持ちになった。

せめてリンゴジュースにしていれば。もとよりスカートの裾をうっかり踏んづけて躓かなければこんな惨劇にはならなかった。

後悔しても遅いことは分かっているが嘆かずにはいられない。

そもそも注意散漫になってしまったのは目の前にいるイザークに緊張して疲れてしまったからだ。理由は分からないがこの宴の前に教会で執り行われた戴冠式の時からずっと睨まれていた。

(見た目からして怖い方だし、戴冠式の聖女の祈りの儀とお慶びの挨拶以外は絶対近づかないよう距離を取っていたのに……。どうしてこうなったの?)

意味のない原因究明を頭の中で繰り返しているうちに、重みのある低い声が頭の上から降ってきた。

「大事ない。面を上げよ」

腰を折るようにして頭を下げていたシンシアはその声にハッとする。イザークの声だ。

シンシアはこれ以上粗相のないようにと口を開いた。

「あ、ああありがとうございます!!　イ、イ、イシャーク皇帝陛下」

状況がさらに悪化した。

恐怖のあまり声が上擦り盛大に噛んでしまった。

(なんで肝心なところでっ!!　嗚呼、今ので収まっていた怒りがぶり返したらどうしよう!?)

頭の中で延々と叫ぶものの、妙案は一つも浮かばない。できることと言えば早く時が過ぎるよう祈るだけだ。

シンシアは震える唇を引き結ぶと恐る恐る上体を起こし、伏せていた顔を上げる。

(だ、大丈夫。大事ないと陛下は仰ったわ。皇帝ともなればきっと寛大なお心で目を瞑ってくださるはず。だから問題なんて絶対にな……)

目前の顔が視界に入った途端、心臓が縮み上がった。

イザークは射殺すような目つきでこちらを睨めつけていた。眉間には皺が深く刻まれて紫の瞳は炯々と光り、シンシアから視線を逸らさない。

(ひぃいぃっ!!　怖い怖い怖い!!　トマトジュース零したし、名前も噛んじゃったし。……私もしかして不敬罪に問われて殺される!?)

シンシアは震える拳を握りしめ、固唾を呑んでイザークの反応を見守った。

こちらに鋭い視線を向けるイザークが口を開く気配はない。睨まれるだけの時間が長く続き、やがて目を逸らした彼は周囲をぐるりと見て口を開く。

「皆は引き続き宴を楽しんでくれ。一旦着替えるために下がらせてもらう」

それだけ告げるとイザークは側近二人を連れてシンシアの前を通り過ぎていった。

後ろ姿を眺めながらシンシアは首を傾げる。

祝いの席だから見逃してくれたのだろうか。

何のお咎めもなくて良かったと安堵する一方で、イザークの恐ろしい顔が頭を過る。あれは次に何かしでかせば絶対に殺すと言っているような目つきだった。

シンシアは自身を抱きしめるとぶるりと身体を震わせた。

(もう失敗なんてできないし、これ以上怖い思いはしたくない)

今後イザークが出席する式典には絶対に出ない！　とシンシアは心に決めたのだった。

第一章　猫の呪い

アルボス帝国の王都ハルストンには、アルボス教会の総本山である中央教会が建てられている。聖堂内にある、教会の権威を表すステンドグラスは色鮮やかで、太陽の光と共にガラスの色が白い大理石の床を照らしている。その神々しい光を浴びながら毎日祈りを捧げているのは、白の祭服に身を包む一人の少女だ。

白のヴェール状の頭巾から覗く髪の色は金色。うっすらと開かれている瞳は若草色をしている。白磁のように滑らかな肌はシミ一つなく容姿端麗。

この神々しい光景を目の当たりにした巡礼者は落涙し、口を揃えてこう言った。

あれが『アルボス帝国に舞い降りた精霊姫』の異名を持つ、この国唯一の聖女・シンシア様だ、と――。

厳かな教会と隣接する修道院には清く慎ましい生活を送る修道士や修道女、その上の位である神官たちが暮らしている。

澄んだ空気と静寂に包まれた穏やかな早朝、そこに場違いにもほどがあるけたたましい叫び声が響いた。

「シンシア様、シンシア様！　お待ちくださいっ‼」

修道女の制止を振り切って、少女が外廊下を全力疾走する。金色の長い髪を揺らし、裸足に寝間着のワンピース姿――シンシアは後ろをちらりと振り向いて叫び返した。

「待つわけないでしょう！　朝からお風呂なんてごめんだわ‼」

振り向けば凄まじい形相の追手の手が伸びてくる。小さな悲鳴を上げたシンシアは再び前を向いてスピードを上げた。

突き当たりの角を曲がれば教会へ繋がる通路がある。そこは聖女と神官以上の位の者でなければ通ることが許されない。このままいけばシンシアの勝ち逃げだ。

（これで今回のお風呂も回避できる――）

しかし次の瞬間、足が何かに引っかかって派手にすっ転んだ。乙女らしからぬ鶏を絞め上げたような声を上げながらも、なんとか受け身の体勢を取る。

「ぐえっ！」

身を捩って後ろを振り向けば、足が引っかかるよう絶妙な位置にロープがピンと張られていた。

「うふふふ。毎回逃げ切られては堪りませんからね。手を打たせてもらいました。歴代聖女の中でもここまで往生際の悪い子は初めてです。もう少し私に楽をさせてくださいな」

追いついてきた修道女・リアンは歴代聖女の世話人だ。見た目は二十代半ばにしか見えない美しい彼女は実のところ結構な歳らしい。最近はやれ腰が痛いだの、やれ肩が凝るだのと口癖のように言っているが見た目のせいで本当かどうか甚だ疑問である。

「まさかこんな古典的な手法に引っかかるなんて……一生の不覚よ」

こんなロープ一本張った罠に掛かる馬鹿なんてなかなかお目にかかれない。

（うん、そんなめでたい馬鹿は私なんだけど）

恨めしくロープを睨んでいると不意に通路の方から声がした。

「シンシアは今日もとっても元気が良いですね」

視線を向けると、紅茶色のマッシュボブに赤銅色の瞳の温厚そうな青年が立っていた。

黒の祭服をきっちりと身に纏っていて修道士であることが一目で分かる。

さらに緑の生地に白の糸で刺した組紐文様の刺繍の肩掛けをしている。これは神官のみ身につけることが許されている肩掛けで、守護のまじないが施されている。

「……ルーカス」

ルーカスはベドウィル伯爵家の三男坊で、シンシアがこの教会に拾われた四歳の頃からの付き合いになる。出会った当時から彼のその優しげな面差しは変わらない。幼馴染みでありながら、いつも面倒をよく見てくれるのでシンシアにとっては兄のような存在だ。

また、神童と呼ばれた彼はその名の通り、史上最年少で修道士から神官になった。その活躍ぶりはシンシアにとって誇りである。

床に打ちつけた肩を摩りながら、シンシアはのそりと起き上がった。

「朝の祈りを一緒に済ませようと聖堂入り口で待っていました。一向に来ないから戻ってきてみれば……。またリアンを困らせているのですか？」

ルーカスは穏やかな表情のまま眉尻だけを下げる。屈み込むようにして手を差し出してくれたのでシンシアはその手を取って立ち上がった。

「困らせてなんかないわ。ヨハル様に呼ばれているから自分で支度するって言ってるのに、絡んでくるのはリアンの方よ。私もルーカスも十八なのになんで私だけ世話されないといけないの？　私、この国の聖女なのに子ども扱いされてばっかり!!」

世話人の仕事は聖女の身の回りの世話であり、手取り足取りの育児ではない。にも拘らず、リアンはシンシアの服を脱がせてお風呂に入れようとするのだ。

不満を漏らせばリアンが頬に手を添えて困った顔をする。

「それはシンシア様が一人だとお風呂に入れないからです。顔だけは歴代聖女の中でも異名がつくほどお美しいのに。信者が知ったらどう思うか……」

「仕方ないでしょう。水が怖いんだから。水嵩のあるもの全般怖くて無理だわ」

シンシアは肩まで浸かるような、水嵩があるものが怖い。よって湯船に浸かるという行為も恐怖の対象になる。水が怖いと感じるようになった理由ははっきりと覚えていないが、教会に来てからだったように思う。

でも一体何が原因で水が怖くなってしまったんだろう。

記憶を辿ってもいつも大事なところで霞が掛かって思い出せない。もやもやするのを振り切るように頭を振ると、気を取り直して口を開いた。

「湯船には浸かれない代わりに濡れたタオルで身体を綺麗に拭いているわ。あと、瓶底眼鏡で修道女に変装しているけど誰からも臭いって苦情は言われたことないから大丈夫」

聖女は式典や典礼などの公式行事以外で人前に姿を現すことはほとんどない。ましてや人々と気さくに接する機会などないに等しい。

それはシンシアの思い描く聖女像とはかけ離れているものだった。そのため普段のシンシアは、顔の半分を隠すように大きな瓶底眼鏡をかけて一般の修道女に変装している。

もっと近い距離で人々と接し、身近な存在になりたい。誰かの役に立ちたい。そんな想いから市井で活動している。

そして、シンシアが誰からも苦情を言われたことがないのにはもう一つ理由があった。

「毎回言ってるけど、私は聖女だから最悪お風呂に入れなくても自動浄化作用があるから常に清らかな身体なの」

シンシアが胸に手を当てて強く主張すればルーカスは微苦笑を浮かべ、リアンは呆れ顔になって溜め息を吐く。

「聖女しか持ち得ない浄化の力をそんなしょうもないことに使わないでください」

浄化の力とは魔物や魔物が巣くう森・ネメトンから放たれる瘴気を綺麗にする力のことで、これは聖女にしか使えない。

浄化の力はアルボス帝国の少女にのみ宿り、新しく聖女候補が誕生すると現在の聖女は徐々に力を失っていく。稀に十年ほど空席になることがあるにせよ、おおよそ途切れることなく受け継がれていくのだ。

シンシアの場合は前の聖女と十年ほど期間が空いている。そのため、これまでリアンから歴代聖女の話を散々聞かされてもピンとこなかった。

「いつも歴代聖女と比べるけど、お風呂が入れないだけで別に誰にも迷惑を掛けてないから良いじゃない」

たちまちリアンが片頬を引きつらせる。

「いやいや、掛けてるでしょう。私に迷惑掛けてること忘れないでくれますか？　そして大人しくお風呂に入りましょう。何故ならあの薬湯には魔を払うまじないの効果があって……」

リアンは聖女の世話人であると同時に薬師でもある。よって聖女の健康管理も仕事に含まれるのだが、たまにまじないと称して訳の分からないことを言うことがある。

（薬師としての腕が立つのは確かだけど、まじないだなんて子どもだましじゃあるまいし。あと、リアンって薬草学のスイッチが一度入ると止まらなくなるのよね……）

　これから彼女がうんちくを傾けることは目に見えていたのでシンシアは慌てて話を遮った。

「分かった分かった。リアンが私のことを想ってくれていることには感謝するし、迷惑を掛けていることは謝るわ。だけどやっぱりお風呂だけは……」

　シンシアが尚も抵抗しようとすると、リアンが先程の厳しいものとは打って変わって優しい声色で畳みかける。

「良いですかシンシア様。聖女というものは常に民衆の手本とならなくてはいけません。あなた様のように朝から廊下を全力疾走したり、身を清めるためのお風呂を拒否したりなんて前代未聞です。聖女というものは常に品行方正で完璧な存在なのですから」

　そこまで言われると自分の行いに負い目を感じてしまう。しかし、それで簡単にほだされるようなシンシアではない。

「あら、リアンたら聖書と聖職者の行動をまとめた鉄の掟の読み過ぎで理想と現実の区別がつかなくなったの？　この国には私しか聖女はいないのに。一体、現在進行形でどこにそんな完璧な聖女が存在するの？」

　頭は大丈夫？　と付け加えると、とうとうリアンがこめかみにピシリと青筋を立てた。

「いたんですよ！　あなたと違って歴代聖女はみーんな品行方正で完璧だったんです!!　もっと聖女らしく振る舞ってください!!」

シンシアはリアンから視線を逸らして唇を尖らせると、絶対そんなの嘘だと心の中で反論する。

（聖女らしくと言われても。私の聖女像とリアンのそれが違うだけよ。あと歴代聖女にだってニンジンが苦手とかクモが怖いとか、そういうものの一つや二つはあったはず）

人間誰しも完璧ではない。きっと歴代の聖女はリアンにその姿を見せていなかっただけで陰ではニンジンを残したり、クモから全力で逃げたりしていたはずだ。絶対そうに違いない。

腰に手を当ててうんうん、と一人で納得していると、いつの間にか背後に回ったリアンに羽交い締めにされた。拘束を解こうと暴れたがリアンの腕力には勝てそうになかった。

「ちょっと！　私はお風呂になんて入らないんだから！　ルーカス、助けて！」

助けを求められたルーカスは肩を竦めるとやがて真面目な顔つきでリアンに言った。

「シンシアは少なくとも三日はお風呂に入っていません。念入りに身体を洗って清めてくださいね」

「承知しましたルーカス様。さあシンシア様、身体を綺麗にしましょう」

シンシアの顔から、ざあっと血の気が引いていく。

穏やかな早朝の修道院内に、断末魔めいた叫びが響いた。

――ルーカスの裏切り者!!


身体の隅々まで清められた後、修道女を示す紺色の祭服姿でシンシアは瓶底眼鏡を掛け、ぐったりしながら中央教会の聖堂内へ足を踏み入れた。

複雑なアーチが印象的な高い白天井。その先には壁の積み石を極限まで減らしたランセット窓があり、ステンドグラスがはめ込まれている。太陽の光に照らされ鮮やかな色を満たした空間は、神々しい雰囲気を生み出していた。

アルボス教会は精霊女王を信仰している。

かつてこの大陸は精霊女王と精霊たちによって治められていた。だが、闇の力を持つ魔王の台頭によって戦争が勃発し、精霊のほとんどが精霊しか渡ることができないと言われている常若の国へと逃げていった。

精霊女王は魔王を討つため四人の人間――勇者と聖女、そして二人の魔法使いに力を分け与えた。これにより数百年にも及んでいた戦争は終結し、魔王を倒した彼らは英雄として人々に迎えられその力は彼らの子孫に現在も受け継がれている。

大陸が泰平の世となったことを見届けた精霊女王は、精霊たちと同じように常若の国へと渡ってしまった。今から五百年前の話である。だが、精霊女王が平和のために広めた精霊信仰は今尚人々の間に根付いている。

シンシアは聖堂奥にある精霊女王の石像を見上げた。右手には杖を、左手には聖書を持ち、慈愛に満ちた優しげな微笑みを浮かべている。この像を見ると全てが許されたような気分になるのはこの厳かな空間のせいだろうか。

「嗚呼、やっと来たか」

背後から声がして振り返ると、口髭と短く刈った顎髭が特徴の年老いた男性が立っている。

シンシアは一礼した。

「お待たせして申し訳ございません、ヨハル様」

ヨハルと呼ばれた男性はルーカス同様に黒の祭服と権威を表す組紐文様の刺繍が入った緑の肩掛けを身につけている。手には大神官だけが持つことを許される聖杖が握られている。樫の木でできた杖の先には魔除けの丸い翡翠がはめ込まれ、金糸の房飾りが垂れていた。

教会の階位は全部で四つある。大神官の樫賢者、その次の神官は二つ階位が存在し、上から予言者、詩人。そして一般の修道士及び修道女という順だ。

聖女であるシンシアはこの階位には当てはまらない。強いて言うなら樫賢者あるいは予言者（ウァテス）辺りに相当する。ルーカスは神官の中の詩人（バルド）だ。

大神官のヨハルは浄化以外ならなんでもできる。また、以前は人よりも数倍聖力を感じやすい体質だったため、多くの優れた修道士や修道女を見出してきた。

それはシンシアも例外ではない。ゴミ溜めのような貧民街を彷徨って空腹で倒れていたところを助けられたのだ。ヨハル曰く、見つけた時のシンシアは聖女として目覚め始めたばかりで僅かな聖力しか宿していなかったらしい。

(今は年齢のせいで人並みにしか聖力を感じることができないそうだけど。あの時ヨハル様に見つけてもらえなかったら、私はきっとここにいない)

シンシアにとってヨハルは命の恩人であり、父親同然の存在だった。

「私にご用とは何でしょうか？」

シンシアが尋ねると、ヨハルは浮かない顔をして逡巡する。

「……どう話して良いのか分からないが、大変なことになってしまったんだ」

「そんな深刻な顔をして。……まさか、また足の水虫が悪化したんですか!?」

ヨハルの水虫は何故か治癒が効きにくいとても厄介な水虫だ。先日、彼が使ったスリッパをうっかり履いてしまった修道士が犠牲になったばかりである。

祈るように手を組んで修道士を哀れんでいると「そうじゃない！」とヨハルが激しく首を横に振ってきた。

「私が担当していたネメトンの西の結界に亀裂が入ってしまった。何者かに破壊され、中級以上の魔物が帝国内に侵入してきている。帝国は騎士団の討伐部隊を派遣する予定だが、援護を要請されていてな。だがタイミング悪く、守護と治癒を持った神官クラス以上は手が空いていない。シンシアよ、今回は一人で騎士団と共に討伐に向かってくれ」

魔物に対抗する力を持つのは神官クラスだけだ。しかし、教会の修道士や修道女は数多く存在しても、詩人以上は数十人ほどでかなり限られる。

神官になるには聖書や典礼の膨大な知識を記憶し、何を問われても答えられないといけないことが大前提である。さらに重要なことは精霊魔法を行使する上で必要となる聖力を持っているかどうかと、ティルナ語が話せるかどうかだ。

魔法には主流魔法と精霊魔法の二つが存在する。

主流魔法とは魔法使いや魔法騎士が使う魔法のことだ。空気中に流れる魔力を体内に取り込んでから己の魔力に変換する。火、水、風、土の四大元素を用いてそれらを組み合わせた一般的な魔法を示す。

精霊魔法とは精霊女王の加護を受けた魔法のことで、体内に流れる聖力を使い、精霊の言葉であるティルナ語を詠唱することで行使することができる。治癒や解呪、守護など、魔物から身を守り、命を救うための魔法を発動させることができるのだ。

しかし精霊魔法は聖力が一定以上備わっていないと使えない。魔力を持つ者よりも聖力を持つ者は少なく、加えてティルナ語の発音は非常に難しい。ほとんどの者が神官以上になれない理由はこのためだった。

事情を察したシンシアは真面目な顔つきになった。

「聖女の仕事ではなく、神官としての仕事ですね？」

「その通りだ。本来ならば聖女であるシンシアを行かせはしないのだがな」

守護と治癒の精霊魔法はシンシアも使うことができる。最近ではヨハルの聖力を凌ぐほどになっているのでシンシアがいれば騎士団だけでなく、周辺住人も魔物から守ることができ、怪我を治すことができる。

「ついでに結界の調査もしろ、ということですね？」

確認の意味も込めて尋ねると、ヨハルがああそうだと頷いた。返ってきた答えにシンシアは口元に手を当ててうーんと唸った。

「いくらヨハル様のお願いでも、今回の件はちょっと……」

「どうして⁉」

当てが外れたヨハルは泡を食った。

シンシアとてやりたくなくて言っているのではない。小さく息を吐くと腰に手を当てて目を眇める。

「ヨハル様、私の欠点を忘れたなんて言わせませんよ？」

ヨハルは身じろいで唸った。

シンシアの欠点、それは攻撃魔法が属する主流魔法がほぼ使えないことだ。ある程度の魔力はあるのにそれだけはどんなに訓練を受けてもからっきし駄目だった。

（いつもなら教会の神官クラスの護衛騎士を必ずつけてくれるのに。こんなこと初めて）

『一人で』ということは本当に誰も手が空いていないらしい。

自分を守る術があってもそれに加えて相手を倒す力がなければその場を収めることはできない。中級以上の魔物に護衛騎士なしという状況はさすがに心もとない。

シンシアの頭を危険という単語が過った。

「頼む！　ワシも手いっぱいで他の神官を無理に派遣するにしても最低二人は必要になる。だがシンシアなら一人でも充分力が発揮できる。それに今回は選りすぐりの討伐部隊が同伴するから攻撃は彼らに任せて、守護と治癒に専念しておれば心配ない。身の安全は保障する」

「お忙しいのは承知してますけど、精霊魔法に加えて主流魔法も使えるヨハル様の方が絶対適任だと思います」

既にシンシアは今月に入ってからヨハルの代行で典礼を三つ済ませている。その間、市井に顔を出せていない。そろそろ修道女の活動に戻りたかった。

シンシアが断りを入れると、丁度時計塔の鐘が鳴り響く。朝の鐘は聖堂内を一般開放する合図でもあるので、そのうち大勢の信者たちが礼拝のためにここへやって来る。

するとヨハルが大きく息を吸い込んだ。

「おうおう。老い先短い老いぼれの頼みを聞いてくれんというのか。『アルボス帝国に舞い降りた精霊姫』の名で有名なシンシアが身内の頼みすら叶えようとしない心の狭い人間だったとは……」

「ちょっと、今は修道女のシンシャなんですよ！　礼拝に来た信者に聞かれたら折角の変装が台なしです！」

シンシアは声を潜めると辺りをきょろきょろと見回して誰もいないか確認する。

これまでの努力が水の泡になってしまうのではないかと慌てふためくシンシアに対して、ヨハルはさらに大袈裟に声を大きくする。

「そうかあ。シンシアは行ってはくれぬかあ、聖女なのに。足腰は痛いし、水虫もなかなか治らなくて辛いが、老骨に鞭打って頑張るしかないのう。最近は皇帝陛下にこき使われて疲労困憊だから、うっかりぽっくりなんかしちゃっても仕方ないさのう……ううっ」

「わ、分かりました。行きます！　行きますから!!」

なんだかんだヨハルの涙声にシンシアは弱い。貧民街で倒れていたところを助けてもらったことや育ててもらったことへの恩返しはしたいと常々思っている。

懸念事項が多く納得していないシンシアではあったが、最終的に折れて承諾した。

それから二日後、シンシアは詩人の神官として帝国騎士団に同行することになった。数日間の任務になるのでリアンから散々心配され、ついてこようとされたがなんとか宥めて修道院を出てきた。

出発前に朝の祈りを終わらせて教会を出ると、門の前にルーカスが立っていた。見送りに来てくれたようだ。

「魔物の討伐に参加すると聞きました。どうかくれぐれも気をつけて」

「ありがとう。ルーカスが一緒に来てくれたら良いのに……今回は一人だから心細い」

シンシアは俯きがちになって弱音を吐く。

ルーカスは神官ではあるがもともと武官を多く輩出するベドウィル伯爵家の人間だ。本人は剣の腕はないと言い張るが充分強い。さらに精霊魔法だけでなく主流魔法も使えるので教会内の騎士の中では実力が五指に入るほどだ。これまで何度も護衛をしてもらった。

しょんぼりとしていると、ルーカスが頭を優しくぽんぽんと叩いて撫でてくれた。

幼馴染みであり、兄のような存在のルーカスは昔からシンシアが落ち込むとこうやって慰めてくれた。物腰が柔らかい見た目とは裏腹に、その手は節くれ立って分厚い剣だこがある。何年も鍛練に励み、努力を重ねてきた彼の手がシンシアは好きだった。

「私はヨハル様から他の仕事を言いつかっています。一緒に行けなくてすみません」

「ううん、謝らないで。最近、仕事量が増えてるみたいだけど大丈夫？　きちんと休息は取れてるの？」

仕事をそつなくこなすルーカスは周りから一目置かれていて、ヨハルから重要な仕事を頼まれやすい。そのせいで仕事量は明らかに増えている。真面目すぎるきらいがあるのでシンシアは無理をしていないか心配になった。

「もともと身体は丈夫なので問題ありません。それにヨハル様直々に頼まれた仕事です。これくらいしか私にはできないので精一杯頑張ります」

「これくらいって。ルーカスは史上最年少で詩人になって解呪もできるし、主流魔法も使えて剣の腕もある。私からすれば一頭地を抜く逸材よ」

「いいえ。父からすれば私は兄弟の中で最も剣才のないお荷物です。教会に入れられて史上最年少で詩人になれたとはいえ、使える精霊魔法は未だ一つだけですし……」

小さく息を吐くルーカスは微苦笑を浮かべる。

「シンシアは凄いです。精霊魔法が二つと聖女だけが使える浄化の力も持っています。中途半端な私と違い、あなたは教会になくてはならない存在。――たまに羨ましくなります」

ルーカスはそこまで言うとはぐらかすように咳払いをする。

「すみません。自分らしくないことを言ってしまいました」

彼の意外な一面を知ってシンシアは驚いた。

(弱音なんて普段吐かないのに。……ルーカスにもいろんな悩みがあるんだわ)

心の中で彼の心が晴れるように祈っていると、肩にルーカスの手が置かれた。

「そんな顔しないで。私なら大丈夫です。多分寝不足なだけなので寝れば元気になりますよ。さあ、時間に遅れては大変なので行ってください。仕事先から応援しています」

弱音を吐いてしまったのは寝不足だと本人が言っているのでそうなのだろう。

いつもの穏やかな笑顔を向けられて、シンシアは大人しく頷くしかなかった。

「お願いだから無理しすぎないでね。――行ってきます」


別れの挨拶を済ませた後、シンシアは帝国騎士団との待ち合わせ場所へと足を運んだ。

待ち合わせ場所は馬を引く騎士や食料や薬を積んだ荷馬車などでごった返している。辺りを見回していると、早速隊長に声を掛けられた。

「あなたが詩人のシンシャ殿ですね。大神官殿から守護と治癒の精霊魔法に優れておられると伺っています」

シンシャとはシンシアが瓶底眼鏡姿で活動する時の偽名だ。

シンシアは隊長へ丁寧に礼をした。

「この度はよろしくお願いします。私の持ち場はどうなっていますか？」

「シンシャ殿には救護所で治癒に当たっていただきたい。一般市民の多くが魔物のせいで怪我を負っている状況です。地元の医師だけでは手が足りませんからな。もちろん、怪我をした際の我々の救護も頼みますぞ」

「分かりました。できれば負傷者以外に戦える騎士も何人か配置して欲しいです。私は戦闘系の主流魔法はからっきしなので」

　戦場では何が起きるか分からない。念には念を入れておく必要がある。しかし、隊長はシンシアの心配をよそに呵々大笑した。

「心配いりませんぞ。救護所は危険地帯から距離もありますし我々精鋭が魔物をすべて片付けます。小さな魔物一匹たりとも近づくことはできんでしょう」

「そ、そうですか。でも一応保険というものがあっても……」

「はははっ。シンシャ殿は心配性と見受けられる。ネメトンでの瘴気対策や魔力対策はばっちりです。そもそも日頃から地獄の鍛練に励む我々にとっては上級の魔物でもない限り片手でひねり潰せます」

　隊長だけでなく団員たちも「必ず前線で食い止めるから大丈夫です！」と言ってくるのでよほど腕っぷしに自信があるのだろう。不安ではあるものの、彼らの筋骨隆々な身体を目にしていると不思議と安心感を覚える。

（そうよね。だって、帝国騎士団の討伐部隊だもの。いくつもの戦場をぐり抜けてきた

彼らに大丈夫かなんて訊く方がどうかしてるわ）

シンシアは素直に彼らの言葉に従うことにした。

「そうですね。疑ってしまってすみません。私は皆さんを信じます！」

――後にとんでもない目に遭うことなど、この時のシンシアはちっとも知らなかった。

シンシアは両手に持っていた盥を地面に落とした。その拍子に盥がひっくり返って中の水が地面に広がる。

重傷者に治癒の魔法を施し終えて軽傷者のいるテントへと移動していたその矢先、黒と紫の体毛に覆われた、大きなおどろおどろしい魔物と鉢合わせした。

ネズミのような見た目をしていて、額には魔物特有の赤色の核を有している。目玉は三つもあって常にギョロギョロと忙しなく動き、とにかく気持ちが悪かった。

小さな魔物一匹たりとも近づけないと胸を張って宣言したあの隊長を思い出しながら、シンシアは目の前の魔物を呆然と眺めていた。

（……一体これはどういうこと？）

二メートルはくだらないこの巨軀をどうやって見逃したのだろう。

（隊長の嘘つきっ!!　討伐部隊の目はガラス玉なの!?）

相手からびりびりと感じる魔力から上級の魔物であることは間違いない。上級となると、瘴気を持つものも出てくる。

魔物が瘴気を持っている場合は魔物近くの空気が汚染されてしまう。瘴気は濃度と吸い込む量によって人体に影響が出る。軽度の場合は頭痛や目眩が、中度になると幻覚が、重度になれば正気を失い錯乱状態に陥る。また、瘴気は神官クラスや上級の魔法使いしか肉眼で見ることができない。ここにいる負傷者に上級の魔法使いレベルの人間はいない。

不幸中の幸いか、この魔物は瘴気を持ってはいなかった。とはいっても逼迫している状況は変わらない。

何故なら負傷者しかいないこの場所で対抗できるのはシンシアだけだからだ。しかし、専門といえば守護と治癒、そして浄化の魔法のみ。

（一応主流魔法も習っているから攻撃はできる。できるけど、使ったところで冬の静電気みたいにちょっとバチッとなる程度よ）

あれも不意打ちをくらうと痛い。だがそんなレベルの攻撃で上級の魔物を倒せるわけがない。それでもシンシアには負傷者を守る義務がある。

（――私は聖女だから）

少しでも時間を稼いで応援が来るのを待つしかない。シンシアはここにいる全員を守るために守護の魔法を使って大がかりな結界を展開した。ティルナ語で詠唱を終わらせるとすぐに軽傷の騎士に治癒を施して応援を呼んでくるように頼んだ。彼が馬に跨がって駆けていくのを見送った後、改めて魔物と対峙する。

「ここにいる人たちには指一本触れさせないわ」

結界を挟んで睨み合っていると、にわか雨に襲われる。

雨脚が強くなり、前がはっきりと見えないほどの本降りになった。そんな中、不気味な笑い声が結界の向こうから響いてくる。

「ククク、それはどうかな。こんな結界など自慢の前歯で齧ってやる」

やはりといったところだろうか。見た目同様に思考はネズミのようだ。ただし上級ともなればその前歯の攻撃力は馬鹿にできない。破壊されそうになる度に新たな結界を展開する。持久戦に持ち込んだが、向こうは単なる物理攻撃のみなのでいずれシンシアの聖力が尽きてしまえば終わりだ。

(お願い、早く。早く応援に来て!!)

必死に心の中で祈る。

背負っている命の重みを感じ、もしも自分がここで力尽きてしまったらと思うと、胸が潰れそうになる。

悪い考えを消し去るように頭を振ると、シンシアは唇を噛みしめて精霊魔法に集中した。

(ここにいる人たちは助けたい。いいえ、絶対に助けるの!)

強い意志とは裏腹に聖力は消耗し続け、いよいよ限界を迎え始めた。

もうここまでかもしれない、と心の中で弱音を吐いた時だ。

祈りに応えるように空がシンシアに味方した。

雨脚はさらに激しさを増して辺りに雷鳴が轟き始める。激しい稲光が曇天で光った次の瞬間、ネズミの魔物に向かって天から雷が落ちた。

雨水をたっぷり吸収していた体毛のお陰で感電の威力が増し、魔物はまる焦げとなって倒れた。しゅうっという音と獣の焼け焦げる臭いが立ちこめる。と、魔物の身体が徐々に灰となって消え始めた。

「わ、私の祈りが通じたの？」

ぽかんと口を開けていたのも束の間。シンシアは拳を握りしめて叫んだ。

「やったああ！　魔物を倒したわ!!」

浮かれて思わず結界を解いたシンシアは勝利を嚙みしめる。

しかしそれが不味かった。本来ならば魔物が完全に死に、姿が消えて核だけになるのを待ってから結界を解かなくてはいけない。完全に消えていないということはまだ少しだけ魔物に魔力が残っていることを示す。

するとネズミの魔物は真っ黒な球――魔力の塊を投げてきた。球はシンシアの額に当たると煙のように広がって消えてしまう。

当たった部分から蛇が這うような気持ちの悪い感覚がする。思わず悲鳴を上げて額に手を当てると、突如シンシアの身体に異変が起きた。

「うっ……」

身体の節々が痛み、骨が軋み始める。あまりの激痛に息ができなくなり、浅い息を繰り返しながら魔物を睨んだ。

「な、にをしたの？」

「ククク、おまえに呪いを掛けてやったぞ。それはこの世で最も悍ましい生き物に姿が変わる呪いだ」

呪いは魔物が得意とする魔法の一つだ。ネズミの魔物は報復できて嬉しそうに鳴いた。

「――せいぜい苦しんで死ね」

不気味な言葉を吐き捨てると、消えかかっている尻尾で地面を勢いよく叩き割った。尻尾に残りの魔力を集中させたらしく、たちまちつむじ風が起きる。それは割れた瓦礫を巻き上げながらシンシアに向かってきた。

動けないシンシアはもろに風を受け、風圧に耐えられず空高く吹き飛ばされてしまった。みるみるうちに救護所が小さくなっていき、視界から消えてしまう。

地面に叩き付けられる前に結界をクッション代わりにすれば助かるが、シンシアにはもう聖力が残っていない。

（私、呪いの前にこのまま地面に叩き付けられて死んじゃうのかな……なんとかしないと。でも、もう駄目……）

心の中でぽつりと呟くと、苦しみから逃れるようにシンシアは意識を失った。

次に目が覚めると、開けた川のほとりに倒れていた。雨はすっかり止んでいて雲の切れ間から青空を覗かせている。

（生きて、る？）

土砂降りだったお陰か雨水を充分に吸った地面は泥濘み、衝撃を緩和してくれたようだ。どこまで飛ばされたのか分からないが、早く救護所に戻らなくてはいけない。

（上級の魔物が救護所に出たってことはきっとネメトンの境界にいる討伐部隊は怪我をしてるはず）

シンシアは怠さの残る身体に鞭を打ち、立ち上がろうとする。が、何故か上手く立ち上がることができない。

違和感を覚えておもむろに視線を下へ向けると、手と足が人間のものではなかった。

「なっ、何これ？」

獣の足と、その間には尻尾が垂れている。

異様な光景を目の当たりにして、シンシアは悍ましい生き物に変えられるという呪いを思い出す。

「本当に呪いで姿が変わってしまっている!! ……どうしよう!?」

誰かが呪いに掛かっているところを見たこともなければ、自分自身が受けたのも初めてだ。これからどうすれば良いのか分からず途方に暮れる。

ふと、近くに水たまりがあることに気づいたシンシアは一先ず自分の姿を確認することにした。

(私、どんな生き物に変えられたんだろう。あの気持ちの悪い魔物の上をいく醜い生き物なんてこの世に存在するの？)

恐る恐る水面を覗き込んでみる。

三角の耳とくりくりとしたつり目がちな瞳、すっと伸びた髭。丸顔は金茶の毛に覆われてふわふわしていて、鼻筋はすっと通っている。その姿は——。

「……って、どこからどう見ても普通の猫じゃない！ どこが世にも悍ましい生き物なの!?」

あの魔物はネズミみたいな姿をしていた。恐らく猫科動物が悍ましい存在なのだろう。不思議なことに自然の摂理は魔物社会にも適用されているらしい。

「もっと気持ち悪い生き物に変えられたと思ってたけど。猫……猫かあ」

悍ましい生き物に変えられなくて良かったと安心する反面、猫になってしまったことに嘆息する。現実を受け止めるべく、シンシアはもう一度水面を覗き込んだ。

ふわふわの金茶の毛並みにピンクの鼻。くりくりとした若草色の瞳。手足は白くて靴下を穿いているみたいに見えてそこがまた絶妙に——可愛い！

「よく見たらそんじょそこらの猫と違って私、とっても美猫じゃない？」

それに額には模様と交じって少し分かりにくいが呪いを受けた時にできる花びらのような痣ができている。神官たちが見ればすぐに呪いに掛けられた人間だと気づいて解呪してくれるだろう。だからあまり悲観する必要はないとシンシアは思った。

シンシアは解呪の魔法が使えない。

怪我を治す治癒と違って解呪は呪いに含まれる魔物の魔力を、神官が魔力を使った主流魔法で一度相殺する必要がある。そこから聖力を源とする精霊魔法を使って呪いの根源を消し去るため、魔力をうまく使いこなせないシンシアには難しい魔法だった。

これが得意なのは神官のルーカスとヨハルの二人だ。どちらかに会うことができれば元の姿に戻ることができる。二人とも小言がオプションで付いてきそうだが自分の失態なので甘んじて受け入れるつもりだ。

「問題は呪いを解いてもらうまでの間ね。猫だけど浄化の力や精霊魔法は使えるのかな？私が担当しているネメトンの結界が消えたら今よりもっと大変なことになるわ。でもどうやって確かめれば……」

　辺りをきょろきょろと見回していると誰かが倒れている。目を凝らして見てみるとそれは若い男性で、頭から血を流していた。

「大変！　頭から血がっ！　一刻も早く助けないと!!」

　倒れている人物に駆けよって上に乗ると、まずはティルナ語が使えるか試してみる。簡単な祈りの言葉を呟くと、目の前に淡い光の粒が現れ始めた。

　どうやら呪いはティルナ語まで干渉はできないようだ。確認を終えると続いて精霊魔法が使えるか治癒の魔法を使って試してみる。

　シンシアが聖力を込めて精霊魔法を唱えると男の身体が徐々に淡い光に包み込まれた。頭の傷はみるみるうちに塞がり、血も浄化されて額からなくなっていく。

　その光景にシンシアは一安心した。

「無事に助けられて良かった。ティルナ語も使えるし聖力も健在みたい。これなら私が担当している結界が消えることもなさそうね」

　アルボス帝国は大陸の西に位置し、その面積の四分の一を占めている大国だ。国内の北西部には魔物が巣くう森・ネメトンが存在し、そこには五百年前に勇者が倒した魔王が浄化石の中で眠っているとされている。

　手下の魔物たちは魔王が復活することを渇望しており、少しでも瘴気をアルボス帝国内へ蔓延させたい。しかし、その瘴気もアルボス教会の聖職者たちが練り上げた結界によって押しとどめられている。

要となるのはヨハルや他の大神官が錬成した強力な結界だ。だが、ヨハルは六十を過ぎてからは力が衰えてきており、シンシアが力を補塡する形で結界の一部を担当していた。

結界が無事であることに胸を撫で下ろすと、改めて倒れている男をしげしげと眺める。

どこかで見たことがある顔だった。

さらさらとした黒髪に彫りの深い整った顔立ち。身なりは帝国騎士団のものとよく似ている。

(この人は誰だろう？　身なりもいいし、討伐部隊の人？　でも討伐部隊にここまでの美形はいなかったし……)

シンシアとて美しいものは好きだ。これほどの美形を忘れるはずがない。

では彼は一体誰なのだろうか。黙考して細い記憶の糸をたぐり寄せていると、不意にある光景が浮かんだ。

荘厳な空間に大勢の紳士と淑女。その中で眉間に皺を寄せ、眼光が鋭く光る人物。

「……っ!!」

全てを悟ったシンシアの心臓が早鐘を打つ。全身からは瞬く間に汗が噴き出した。

「ちょ、ちょっと待って。こっ、この人って……皇帝陛下じゃないの!!」

見たことがあるなんてものではない。彼は三年前の戴冠式での宴の席で、トマトジュースを掛けてしまった相手である。

（あの時はトマトジュースの演出もあって血みどろ殺人鬼みたいで本当に卒倒しそうになったわ。あれ以来、怖くて一度も陛下が参加する行事には出席していないけど……）

後に聞いた話だが、彼は『雷帝』という異名で貴族たちから恐れられている。

その由来は三年前の先帝が崩御した際、帝位に就くために兄弟を殺したばかりか気に入らない臣下やその家族を処刑して財産をすべて奪ったとされているからだ。

シンシアは国で唯一の聖女だがその力を失えばただの小娘だ。さらに死んでも代わりとなる聖女は現れるのだから処刑されてもおかしくなかった。だが、こうして頭と胴体が繋がっているのはシンシアよりも尊厳を傷つけ不敬を働いた貴族が宴の場にいたからだった。

戴冠式でその貴族とシンシアは挨拶を交わしていたが優しそうな人で、印象はとても良かった。しかし次の日にはイザークの命で一族郎党、断頭台の露と消えたと中央教会に礼拝に来ていた誰かが話しているのを耳にした。

以前のことを思い出し、ぶるりと身体を震わせる。

今回は絶対に粗相がないようにしなければ。

（でも、あれ？　私って今……陛下の上に乗ってるわよね？）

これは完全に不敬ものだ。バレたら処刑されてもおかしくない。

「ひぃっ！　一刻も早く降りなくちゃ!!」

シンシアは起こさないように慎重に足を動かした。前足を地面につけ、残りは後ろ足を動かすだけだ――が、大きな手に身体をがっしりと摑まれてしまった。

頭を動かせば、鋭い紫の瞳と視線がぶつかった。

イザークは眉間を揉みながら上半身を起こすと逃げようとするシンシアを引き寄せる。顔を手で撫でてから周囲を確認し、考え込むようにして遠くを眺めている。

やがて、シンシアに視線を落とすと口を開いた。

「……おまえが俺を救ったのか？」

恐ろしい顔で尋ねられたので震えながら頷いた。

（はい、そうです。だから私が陛下の上に乗ったことはどうかお見逃しください。というか、今なら起きたばかりで寝ぼけているだろうし愛嬌を振りまけばやり過ごせるのでは？）

淡い期待を胸に抱いたシンシアは可愛く鳴いてみせる。

するとイザークの目がカッと見開かれた。眉間に皺を寄せ、それはもう魔王に匹敵するくらい恐ろしく厳めしい顔つきだ。

「なんだ？　うななん、にゃにゃーんだと!?」

不興を買ってしまったのか、想像以上に低い声で尋ねられたシンシアは心の中で悲鳴を上げる。イザークに動物の可愛さは通用しないらしい。

（嗚呼、これなら最初から真面目に敬意を示して挨拶した方が良かったんだわ。あ、でもティルナ語は精霊の言葉だから大丈夫だったけど、人間の言葉は使えるか分からないわね。……って、そもそも猫が人間の言葉を話すなんて前提がおかしかったわ!!）

猫になってしまった以上、シンシアに為す術はないようだ。

せめて処刑されるなら人間の姿が良かったと泣き言を心の中で漏らす。

（猫のまま死んだら誰も私がシンシアだって気づいてくれない）

怯えていると突然身体がふわりと浮いた。急に目線が高くなり、イザークの頭よりも空高くに掲げられている。驚いて下を見ると、シンシアは堪らず息を呑んだ。

目つきだけで人を殺せるくらい極悪非道な顔つきのイザークが、これまで見たこともない、蕩けるような笑みを浮かべている。

「嗚呼、俺はどうして猫に触れるんだ⁉ はっ、まさか夢なのか？ 俺は猫アレルギーで猫に触れたくても触れられないんだぞ⁉」

眉間に皺を寄せる彼は、気に入らないことがあればすぐに相手を処刑するような印象があった。だが今は瞳をきらきらと輝かせ、天真爛漫な少年のような笑顔で興奮している。

「はあ、猫に触れられる日が来るなんて。――幸せだ！」

戴冠式での第一印象とあまりにかけ離れているため面食らったが、とにもかくにも処刑は回避できたようでシンシアはほっとする。

(猫アレルギーが出ないのは私がもともと人間だからなんだろうけど……良かったですね)

爛々と目を輝かせるイザークは尚も語りかける。

「ということはつまりだ、本当に猫の肉球がぷにっとしているのか確認ができる」

(ええ、ええ。良かったですね。私もそれくらいで頭と胴体が繋がるのであれば肉球を差し出します。存分にぷにってください)

「そしてもふもふもできる」

(ええ、ええ。いくらでも触ってくださって結構ですよ)

「さらに悲願の猫吸いができるというわけだ！」

(ええ、ええ。いくらでも猫吸いをしてくだ……はいぃっ？)

頼むからそれだけは勘弁して欲しい。恍惚としていても空恐ろしい顔面凶器が間近に来るなど、失神ものである。

ここでの顔面凶器は二つの意味を持つ。眉目秀麗な美男である意味での顔面凶器と『雷帝』の異名が納得できるほどに殺気に満ちた顔面凶器。飴と鞭の顔といった方が分かりやすいかもしれない。

(美形の怖い顔に迫られるなんて一生に一度もない体験だろうけど、こんなの拝みたくないわよ)

シンシアは否定を込めて必死に首を横に振るがイザークは気にしていない。

「今まで猫に近づくことすらできなかったんだ。連れ帰って存分にもふもふするぞ！」

高らかに宣言するイザークはシンシアを空高く掲げたまま、ご満悦でくるくると回った。

「陛下」

すると数人の騎士と文官の恰好をした青年がどこからともなく現れ駆け寄ってきた。

皆、息を切らして酷く疲れ切った顔をしている。

「キーリ」

イザークはシンシアをしっかりと胸の辺りで抱え直すと咳払いをして文官の青年を呼んだ。

片眼鏡を掛け、銀色の長い髪を後ろで一つに結ぶ青年は見覚えがあった。

（あ、この人は陛下の側近で宰相のキーリ・マクリル様だ）

彼はこれまで貴族たちの汚職を数々暴き、問答無用で処刑台送りにした男だ。貴族たちの間では雷帝の次に敵に回してはいけない男と言われている。

生真面目そうな印象の青年はおもむろに口を開いた。

「突然救護所近くに用があると言って宮殿を飛び出したかと思えば、現地に陛下のお姿はなく。何故このような川辺に？　ご無事でなによりです」

キーリの言うとおり、どうして雷帝と恐れられる人が川辺で倒れていたのかシンシアも気になった。

「心配をかけてすまなかった。それについては後で説明する。ネメトン付近はどんな状況だ？」

「少し前に討伐部隊から魔物はすべて倒したと報告を受けております。また、中央教会からも結界の修復は完了したと聞いています」

キーリが淀みなく答えるとイザークは満足そうな表情をする。

「そうか。それなら良かった。俺は火急の用件で宮殿へ帰るが、今回の被害は大きい。討伐部隊には二次被害がないかしっかり調査し、何かあれば対応するよう命じてくれ」

「かしこまりました。すぐに手配します」

キーリが騎士の一人一人に指示を出すと、彼らは短く返事をして各々の目的のために行動を始めた。

こちらに戻ってきたキーリはイザークと間を詰めて声を潜める。

「ところで抱いているのは猫では？　触れて大丈夫なのですか？」

「何故かこの猫は大丈夫だ。だから俺の猫にする」

「さては早く帰りたいのはその猫が理由ですね？　はあ、必死になって捜していたのが馬鹿らしく思えてきましたよ」

わざとらしく肩を竦めて嫌味を口にするキーリ。

雷帝に軽口を叩ける人間はきっとキーリみたいな側近くらいだろう。そしてイザークもまた、彼に何と言われようとどこ吹く風と聞き流している。

「早く帰った方がキーリも嬉しいだろ？」

「それもそうですね。仕事は溜まる一方なので一つでも早く片付けて頂きたいです。早速転移魔法の準備をしましょう」

話を聞いていたシンシアは討伐部隊や結界の状況が分かって肩の荷が下りた気がした。

しかし宮殿へ連れて帰られるのは困る。ネメトンの結界が何故破壊されたのか調査をするためにも戻って任務を遂行しなくてはいけない。

（一応この国には選択権というものがあるし……私はここでお別れしたいわね）

シンシアは解放してもらうためにも、あなたとはここでお別れです、という意味を込めてイザークの腕に自分の足をぽんと置いて離れようとした。

それに反応したイザークがシンシアを見る。

「どうした？　不安なのか？　大丈夫だ、俺と一緒に帰ろうな」

『結構です!!』

うっかり声を上げてしまったシンシアは頭の中が真っ白になった。

（猫がいきなり人間の言葉を話すなんてあり得ないから、魔物と疑われるかもしれない。もしかして私、やらかした!?）

身を竦ませて恐る恐るイザークの顔を見ると、彼は満面の笑みを浮かべた。

「おお、そうか！　おまえも俺と一緒に行くのが嬉しいんだな」

どうやらティルナ語は話せるが人間の言葉は話せないようだ。

ほっとしたのも束の間、シンシアは次なる問題が浮上していることに気づいて困惑した。

『いや、違っ、違います！　一緒になんて行きません!!』

「鳴くな鳴くな。帰ったらすぐにおまえの部屋を用意させよう」

「陛下、その猫嫌がってません？」

（その通りです。キーリ様のお力で雷帝から私を解放してください！）

シンシアが懇願の眼差しをキーリに向けるが、イザークは一蹴した。

「ははは。気のせいだキーリ。思い違いも休み休み言うんだな。さあ転移させてくれ」

『気のせいでも思い違いでも何でもない。事実です。お願いだから解放してぇえ！』

そんな悲痛な叫びが通じるはずもなく。

人権というものがなくなってしまったシンシアは皇帝陛下の愛猫として、宮殿へ連れ帰られてしまった。


宮殿に連れ帰られたシンシアを待っていたのは、お風呂だった。泥濘んだ地面に倒れていたのだから洗われるのも無理はない。

（ひぎゃあああ！　ごめんなさい、ごめんなさい。もう勘弁してください！）

人肌程度のぬるめのお湯だがそれはシンシアにとっては拷問だった。

首までしっかりと泡風呂に浸けられ、固く絞ったタオルで顔を拭かれる。のみやダニの心配をしているのか侍女は丁寧にシンシアの身体を洗い上げた。

今は漸く身体を乾かしてもらっている。

『私には自動浄化作用が備わっているのよ……言っても誰にも通じないけど』

しっかりとブラッシングされ、首にリボンを着けられた後、ソファの上のふかふかのクッションに乗せられたシンシアは、世話をしてくれた侍女に疲れ切った声で文句を言っていた。当然言葉が通じるはずもなく、侍女は世話が終わると一礼して逃げるように部屋から去っていく。

そんなに急がなくても、と心の中で呟いたが答えはすぐに分かった。

「嗚呼、とっても綺麗になったな。青いリボンがよく似合う」

この部屋には誰もいないと思っていたのに。

恐る恐る身体を捻れば、ソファの背もたれに顎を乗せてこちらを覗き込むイザークの姿があった。

人間の時にひしひしと感じていた殺気はかき消え、にこにこと甘やかな笑顔を見せている。

後方には年季の入った艶やかなローズウッドの机があり、壁にはアルボス帝国を象徴する翼の生えた獅子と月桂樹のタペストリーがある。その両サイドにはいくつもの分厚い本が収まった本棚があった。

机の上には書類や書簡が置かれていて、ほのかにインクの匂いがする。つい先程まで仕事に励んでいたようだ。

（もしかして、ここって陛下の個人的な部屋？　どうりで侍女が逃げ帰るわけね。国家機密の書類もあるだろうし、一歩間違えれば雷帝の不興を買って首を刎ねられるかもしれないもの）

そんな恐ろしい場所に残されたシンシアは生贄にされた気分になった。

すると、いつの間にか横に座っていたイザークがひょいっとシンシアの身体を抱き上げた。着替えたのか黒の上着と白のズボン姿で、上着の袖やフロントラインには金色の糸で精緻な月桂樹の刺繍がなされている。

膝の上に乗せて背中を撫でてくるが、シンシアは疲れ切っているので抵抗する気力がなかった。

「今日からここがおまえの部屋だ。この部屋は俺の寝室と繋がっていて、持ち帰りの仕事をする場所として使っていた」

必要な家具は揃えたと言われて辺りを見回してみると様々な家具が置かれていた。

それはただの家具ではない。どれも高級木材で造られ、精巧な彫刻が施された逸品だった。金や銀、宝石の装飾も施され、豪華絢爛さに目が眩みそうになる。

アルボス教会は信者たちの寄付によって成り立っている。聖職者たちは質素倹約を美徳として暮らしているため、目の前に広がる贅の限りを尽くした調度品の数々にシンシアは圧倒されてしまった。

職人の技が光る金細工で装飾されたキングサイズのベッドに肌触りの良さそうなシルクの布団。特に磨き上げられて光り輝く銀食器は猫用だった。

呆気にとられていると、イザークに声を掛けられる。

「これらは宝物庫で眠っていたものや貴族たちから没収したものだ。猫用銀食器は何代か前の猫好きな皇后が職人に作らせたもの。折角あるのに使わないのは勿体ないだろう？」

猫相手に国民の税金が湯水のように使われたのではないかと不安を覚えていたが、どうやら使われていないものを再利用しているだけのようだ。

（貴族から没収したっていう部分がどうも引っかかるけど……使わないままなのは勿体ないものね）

もしや処刑した貴族たちから奪った財産の一部なのではないか、という考えが浮かんだが恐ろしくなったのでそれ以上は考えないでおくことにした。

「自己紹介が遅れたな。今日からおまえの主人になるイザークだ。そしておまえの名前は……『ユフェ』にしようと思う。いい名前だろう？」

　ユフェというのはティルナ語の言葉からだとシンシアはすぐに分かった。日常的に精霊魔法を使う身としては、ティルナ語は第二言語であり、すぐにアルボス語に変換される。

（でもユフェってアルボス語に直訳すると『尊い』って意味よね。何の捻りもないじゃない）

　正直なところ、センスの欠片もない名前だと思った。

「ユフェ。はあ、ユフェは尊い。尊いはユフェ」

　恋人に語りかけるかのような甘ったるい声を出してくるので、シンシアはイザークに見えないところで思いっきり顔を顰めた。

（なんか調子狂う。だってあの雷帝が猫一匹でこんなにメロメロになるなんて……おかしい。落差がありすぎてどっちが素なのか分からないわ。しかもまあまあティルナ語の発音が良いのも癪に障るし!!）

　ティルナ語は発音が難しいこともあり、聖力があっても精霊魔法を使えない者が少なくない。神官になれても毎日真面目に発音練習しなければいざという時に精霊魔法は使えない。それはシンシアも例外ではなく、毎日発音練習に励んでいた。

「ユフェ、美しいおまえのために『森の宴』を首輪にして贈ろうと思う。きっと似合うぞ」

『森の宴』とは帝国の秘宝のことだ。美しい黄緑色で光の角度によって赤やオレンジのファイアを持ち、まるで森の中で精霊がダンスを踊っているように見えることからそんな名前がついたという。小鳥の卵くらいのそれは、本来皇帝が妃になる女性に贈る品だ。

（いやいや、贈る相手を明らかに間違えているわ。こんなのあり得ない！）

悪いことはしていないのに、財宝を貢がせる悪女になった気がして罪悪感でいっぱいになった。

（早くヨハル様か、ルーカスに会って解呪してもらわないと！　このままじゃ私のせいで陛下の暴走が止まらなくなって最悪国が傾いてしまう!!）

ここから教会までの距離は人間の足で二時間くらい掛かる。猫の足だと一体どれくらいの時間が必要になるだろう。

何よりもまずはこの広大な宮殿内を把握しなければ、外へ出ようにも出られない。

（とにかく隙を見て逃げないと。使用人の出入り口なら積み荷に紛れてハルストンの市街地まで行けるはず）

今後の計画を練っていると、扉を叩く音がした。イザークが返事をすると深刻な表情のキーリが部屋に入ってくる。

「陛下、お寛ぎのところ大変恐縮ですが緊急事態です」

「どうした？」

「討伐部隊に派遣されていた中央教会の神官、詩人が行方不明になっています。先程中央教会と連絡を取ったのですがその詩人、実は聖女・シンシア様だったんです!!」

その言葉に、シンシアを撫でるイザークの手がぴたりと止まった。

「派遣されていた詩人が聖女だと？　詳しく話せ」

キーリはことの次第を詳しくイザークに説明した。中央教会側が人手不足で聖女を神官と偽って派遣したこと。救護所が上級の魔物に襲われたこと。

さらに討伐部隊の隊長曰く上級の魔物が救護所に現れた時、前線で戦っていた討伐部隊は主流魔法が使えない状況にあったらしい。

主流魔法は精霊魔法同様、誰もが使える力ではない。そのため帝国騎士団に入るには魔力試験を受けなくてはいけない。要するに魔力と剣の腕がなければ試験を受ける資格はなく、反面その二つが揃っていて適性があれば身分関係なく入ることができる。

主流魔法は空気中に含まれる魔力を体内に取り込み、己の魔力に変換してから使用する。よって魔力濃度が薄い地域の場合は使える量も少なくなってしまう。

ネメトン付近は平生なら問題ない地域だが、当時全員が魔法を使うことができなかった。

「全員が使えなかったというのは大変不可解です。新種の魔物の仕業でしょうか？　腕が立つにせよ、主流魔法が使えない状況下での討伐は骨が折れたことでしょうね」

事実を知ったシンシアは、なんだか居たたまれない気持ちになった。その状況の中で魔物の討伐など分が悪すぎる。討伐部隊の皆は無事だろうか。

（ううっ、隊長。あの時心の中で嘘つきって叫んでごめんなさい）

ついでに目がガラス玉と罵ったことも訂正する。

シンシアが頭を垂れて心の中で懺悔する中、キーリは報告を続けた。

「負傷者はいますが幸いなことに皆命に別状はありません。選りすぐりの精鋭部隊なだけはあります」

キーリの言葉を聞いてシンシアは胸を撫で下ろした。

「それで聖女の捜索はどうなっている？」

「詩人がシンシア様だと知った隊長が隊員とともに血眼になって捜しています。ネメトンの結界が消えていないので必ず生きているはずです。ただ、最新の情報によれば救護所周辺では見つかっていません」

それもそうだ。くだんの聖女は雷帝の膝の上にいるのだからどんなに人員を割いたところで一生見つからない。

（ここまで心配と迷惑をかけてるなんて知らなかった。こんなの絶対駄目。一刻も早くヨハル様かルーカスに会わなくちゃ！）

いてもたってもいられなくなってイザークの膝の上から飛び降りる。すると暫く黙り込んでいたイザークが低い声でキーリに命じた。

「……失踪した聖女・シンシアを見つけ次第、即刻俺の前に連れてくるんだ。戴冠式以降、彼女は姿を見せないが国を守るためにも助力を頼みたい」

シンシアは図星を指された気がしてドキリとした。しかしそれはイザークの逆鱗に触れないように立ち回った結果だ。これ以上、うっかり粗相なんてすれば処刑は免れない。

顎に手を当てるキーリは神妙な顔をした。

「確かにそうですね。彼女は戴冠式以降、宮殿の式典の参加を避けていて一向に陛下と顔を合わせないようにしています」

キーリは掛け直した片眼鏡を光らせた。

「……これを機に陛下の前に引きずり出せればいいですね」

さすがは雷帝の次に敵に回してはいけない男。随分と手荒な真似をする。

シンシアが怯えているとキーリはうんうんとどこか納得する様子で続けざまにこう言った。

「陛下、今度は必ず彼女を射止めてくださいね」

その真剣な表情を見て、シンシアに戦慄が走った。思わずイザークの方を向くと彼は眉間に皺を寄せ、極悪非道な顔つきになっている。

間違いない。イザークは戴冠式の宴での粗相を未だに根に持ち、そして怒っているのだ。

(私を射止める？　弓矢で殺す気？　処刑って基本的に斬首だけど、新しい方法でも考えているの⁉　ということはつまり、このまま人間に戻ったら今度こそ私——殺される⁉)

大変だ。早くここから遠いどこかへ逃げなくては。

シンシアは扉の前まで全力で走った。ところが二本足で立ってもドアノブまでは距離があり、加えて人間の手で握って捻らなくてはいけない形状のため猫の足ではどうにもならなかった。

『そ、そんな……。これってもしかして監禁状態⁉』

前足の爪で扉をカリカリと引っ掻いていると後ろからすうっと影が伸びてきた。

「ユフェ、どこへ行こうとしている？」

突然頭上から降ってきた声に反応しておもむろに頭上を仰ぐと、そこには甘やかな雰囲気は消え、末恐ろしい殺気に満ちたイザークが仁王立ちしてこちらを見下ろしている。紫色の瞳を光らせるその表情は獲物を狙う獣の如く獰猛で凶悪だ。

（ひいぃっ、顔面凶器に殺される‼）

鋭い瞳と威圧的な雰囲気に圧されたシンシアは、とうとう気絶してしまったのだった。

イザークは扉の前で失神しているユフェを優しく抱き上げた。

「ユフェは疲れて眠ってしまったらしいな」

「いえ、恐ろしい顔面にやられて気絶したのでは？　わざとそういう顔つきをしていらっしゃるのは分かりますけど、動物や令嬢の前までそれをするのは如何なものかと……」

　やや呆れ顔のキーリは溜め息交じりに突っ込みを入れる。

「この顔つきでないと雷帝たる迫力に欠けるだろ」

「もともと目つきが悪いのでそこまでしなくても充分畏怖の対象ですよ。人前で今みたいにデレデレなのも困りますけど」

　雷帝らしい恐ろしげな顔つきから一転して甘い顔つきになったイザークはユフェをベッドの上に寝かせた。

　ふわふわの金茶の毛並みに赤褐色の縞模様。人差し指でつつきたくなるようなピンクの鼻、手足は白くて靴下を穿いているみたいで愛らしい。

　最初この猫に触れられた時は心底感動した。それと同時にこの生き物が猫ではないかもしれないという考えも頭を過った。何故なら猫アレルギーのイザークに例外の猫などいないからだ。

　猫に触れると目が充血して痒みに襲われる。さらに症状が悪化するとくしゃみが止まらなくなるのだ。この秘密を知っているのは側近たちだけで他の者は誰一人として知らない。

　彼らは幼馴染みなので裏切られる心配はない。

　イザークが倒れていた場所はネメトンに近い場所だった。そのため、猫に似た魔物がいてもおかしくはなかった。しかしユフェには魔物の気配はない。額には薄く斑模様があるだけで魔物特有の核もない。若草色の瞳は芯が強く、穢れを知らない光を宿していた。

「これは奇跡としか言いようがない。きっとユフェは俺の運命の猫だ」

頬を緩めているとキーリがぼやいた。

「女に腑抜けになる話は数多の歴史書で示されていますが猫で腑抜けになる男って……。お願いですから執務の方は滞りなく進めてくださいね」

「それならもうできている」

イザークは帰って来てから処理した書類の束をキーリに渡した。各部署に回しておかなければいけないものは署名したり、意見書を書いたりして既に済ませておいた。

受け取ったキーリは書類に軽く目を通し、満足げな表情でそれを小脇に抱える。

「流石は陛下。迅速な対応ありがとうございます。――そろそろ伺いたいのですが、陛下はどうして突然宮殿を飛び出したのですか？」

その問いにイザークは僅かに身じろぐと声を潜めた。

「そのことについてだが――実は救護所付近で瘴気を感じて飛び出したんだ」

アルボス帝国の皇族は英雄四人のうちの一人、勇者の血を引いている。魔物や瘴気ならば帝国内のどこにいても感知することが可能だ。

しかし、今回は奇妙な体験をする羽目になった。

「瘴気を感じた場所に転移した直後、空から人らしきものと瓦礫が降ってきた。救おうとして風の魔法で落下速度を緩めていたんだが瓦礫の量が多くて避けきれなかった。情けないことに頭に直撃して気絶した。結局、目が覚めたら人らしきものはいなかったし、あれがなんだったのか分からずじまいだ」

「勇者の血を引いているからと言って、瘴気に一定の耐性があると過信してはなりません。恐らく、吸い込みすぎて幻覚を見たのでしょう」

「瘴気は魔物かネメトンからしか発生しない。俺が感じた場所はネメトンや救護所よりも国内側で魔物らしきものはいなかった。……最近、ネメトンに近い領地で原因不明の瘴気が発生しているな」

「はい。ここ一ヶ月で十件は超えています。瘴気は時間が経てば消えますがそれを吸い込んでしまえば当然人体に影響が出ます。なので帝国騎士のみならず中央教会の聖職者に協力を募り、先週より共同で調査が進められています」

聖職者は神官クラス以上の階位で守護と治癒を持つ者に手伝ってもらっている。万が一瘴気が発生しても精霊魔法の守護があれば結界を張って防ぐことができ、その間に退避できる。また、治癒があれば魔物に襲われ負傷しても癒やすことができるのだ。

しかし、いくら急いで調査団を向かわせても到着する頃には瘴気はすっかり消えてしまっている。だからこそイザークは瘴気を感じる能力を活かして、瘴気発生直後に何が起きているのか確かめようと宮殿を飛び出したのだ。

「結局原因究明には至らなかった。やっと宮殿内の毒を出し切ったと思えば次は宮殿外か」

嘆息を漏らすと皮肉めいた笑みを浮かべた。

三年前、先帝が崩御してこの国の皇帝になった。それまでの宮殿内といえば貴族間の派閥争いに加え、兄弟の帝位争いで荒れていた。

イザークは三人兄弟の二番目で、二つ上の兄と同じ歳の弟がいた。皆母親はバラバラで兄弟たちは母親やその実家の影響を受けて自分こそが次期皇帝だと主張し、日々争っていた。一方でイザークの母はもともと身体が弱い人だった。イザークを出産後、産後の肥立ちも悪くそのまま帰らぬ人となった。三歳までイザークは後宮で育ったが、他の妃の差し金によって何度も殺されかけた。

それに危機感を募らせたのは母の父であるオルウェイン侯爵だ。皇帝に申し出てイザークを後宮から連れ出し、領内で育てた。

これによって幼少期から十五歳までを侯爵邸で過ごし、公務のために宮殿に帰還してからは程なくして先帝から命じられた魔力濃度の調査で辺境地に赴任していた。

イザークがいた辺境地は魔力濃度が薄い地で、魔法は使えなかった。そのせいで父の訃報の知らせも遅くなり、宮殿に急いで帰るも着いたのは喪が明けてからになってしまった。

帰還が遅くなってしまったことを詫びるため宵のうちに広間へ足を運べば、兄と弟をはじめとする貴族たちが剣を抜いて争っていた。理由はもちろん皇帝の座を手に入れるためだ。

結果として、兄弟は互いを串刺しにして絶命した。二人を止めようとイザークも自ら剣を抜いたのだが一歩遅かった。異変に気づいて駆けつけてきた先帝専属の近衛騎士や大臣たちはその凄惨な光景を目の当たりにして声を失った。

しかし、一人室内に佇むイザークを見て次期皇帝が誰なのかを悟ると全員が跪いた。皮肉にもイザークは最後の皇族となり、その場で帝位に就いたのだ。

後に噂が一人歩きして『雷帝』という異名まで賜ってしまうことになった。それを逆手に取って先帝が病に臥せっている間に甘い汁を吸っていた者や帝位争いの関係者を洗い出し、三年掛けて厳重な処罰を下した。ここ一年で漸く宮殿内は安定し、一息吐いたところだった。

イザークは拳をきつく握りしめ、唇を引き結んだ。

「国民が苦しむことはあってはならない。原因究明と同時に国民の安全は必ず確保しろ」

キーリは胸に手を当てて強く頷いた。

「尽力いたします。……懸念事項は瘴気がいつどこで再び発生するかですね。規模が拡大して集落などに被害が出ると大変ですから、目星を付けて警備に当たります。間が悪いことに聖女のシンシア様は失踪中。世間に知れ渡れば大きな混乱を招きます」

「そうだな。一刻も早くシンシアを見つけ出さなければ。――カヴァス」

イザークは思案する素振りを見せると側近の名を呼んだ。

「お呼びですか陛下？」

応えるようにキーリの隣には騎士服に身を包む青年が忽然と現れた。

焦げ茶色の髪に切れ長のアイスブルーの瞳。右の目元には色気漂うほくろがある。女性が黄色い声を上げ、秋波を送るような魅力的な容姿の持ち主。側近騎士のカヴァスだ。

「討伐部隊とは別で、秘密裏にシンシアの捜索をしてくれ」

カヴァスは側近騎士であり、近衛第一騎士団の団長だ。討伐部隊は近衛第一騎士団と第二騎士団から編制されていて、今回の聖女失踪の件は討伐部隊の隊長から報告を受けているはずだ。

命じれば案の定、カヴァスは心得顔で短く返事をした。

「宮殿内ではいつも通りに過ごして構いませんか？」

カヴァスはある程度自由を与えておいた方がきっちりと仕事を遂行してくれる。何よりも情報を入手する能力に長けている。その能力を以てすれば恐らくシンシアの行方も摑めるだろう。

「好きにしろ。……カヴァスの腕に掛かっている。頼んだぞ」

「御意」

返事をしたカヴァスは瞬く間にその場から姿を消し去った。

キーリは片眼鏡を掛け直しながらカヴァスのいた場所をしげしげと眺める。

「陛下はカヴァスに少々寛容すぎるのでは？　あんな様子ですから近衛第二騎士団長からもっと真面目に仕事をさせろって苦情が来ています」

「あれは束縛すれば仕事をしなくなるタイプだ。反対に自由度が高ければ仕事は速く、期待以上の成果を挙げてくれる。これくらい問題ない。――それはそうと」

「何でしょうか？」

イザークはソファに腰を下ろし、肘掛けに肘を置いて長い脚を組む。

苦悶の表情を浮かべるイザークに、まだ何か懸念することがあるのかとキーリは固唾を呑んで見守った。

「ずっと考えていたんだが……ユフェの世話は侍女のシャルロッテ・ランドゴルが適任だと思う」

「は？」

「本当なら世話は全て俺がしたいところだが、そんなことはできないからな。すぐに手配をしてくれ」

キーリはガクリと肩を落とすと「嗚呼、もう」と天を仰いだのだった。

第二章　愛猫の世話係

剣の風斬り音が幾度となく部屋に響く。シンシアはイザークが振りかざした剣の刃をなんとか躱して逃げ惑っていた。

呪いで猫の姿になったせいで扉は自力では開けられず、退路は断たれてしまっている。できることと言えば調度品の物陰に隠れて攻撃を躱すのみ。その度に高価な陶器の壺が粉々に割れ、高級木材のテーブルや椅子が破壊される。

質素倹約がモットーの教会で暮らしてきたシンシアにとってこの行為は罰当たり以外の何ものでもない。

（ああ、ベッドの金細工が！　ベルベットのソファが！）

紫の瞳を吊り上げるイザークはどこからどう見ても極悪非道だ。その顔面凶器が悪い意味で良い味を出し、血も涙もない雷帝らしく薄ら笑いを浮かべている。

「逃げるな。ちょこまかと動かれては一発で仕留められないじゃないか。苦しい思いをするのはおまえだぞ？」

（あれれ～？　射止めるって言ってたからてっきり処刑方法は弓かと思っていたのに剣に

変えたんですか？　って、そんなことはどうでもよくって!!）

長剣が頭上を掠め、一部の毛がぱらりと床に落ちる。振り下ろされた剣をどうにか躱したが遂に部屋の隅にまで追い込まれてしまった。

ゆっくりと近寄ってくるイザークはぺろりと己の剣を舐めた。シンシアの足は恐怖で竦んでしまい、微動だにしない。

「これで終わりだ――」

そう呟くとイザークはシンシア目掛けて剣を振り下ろした。

嫌だ！　死にたくない。殺さないで――。

『……ひぎゃああっ!!』

シンシアは悲鳴を上げてベッドから飛び起きた。

どうやら悪夢を見ていたらしい。部屋は荒らされた様子もなく調度品や家具は連れてこられてきた当時と変わらない状態だ。

この状況も夢ならばさっさと覚めて欲しいし、早く教会へ戻りたい。

今ならヨハルの小言もリアンの説教も嬉しくて落涙しながら真摯に聞くだろう。しかし、教会へ今戻るのは賢明な判断ではない。何故ならイザークが血眼になって捜している。

（見つかったら最後。私は柱に括り付けられて弓矢の的にされて死ぬのよ）

イザークの怒りが静まるまでは大人しく彼の愛猫として生活し、ほとぼりが冷めたら隙を見て教会に戻るしか策はない。

（嗚呼、ごめんなさい。討伐部隊の皆さん、そして修道院の皆）

多大なる迷惑をかけてしまっている彼らに何度も頭の中で懺悔する。

せめて悪いものから身を守れるようにティルナ語で祝福のまじないを呟いていると、ベッドが突然沈み込んだ。

「ユフェ、魘されているようだが大丈夫か？」

声がしたので後ろを見ると、そこには顔面凶器があった。

「ニャアアアアン!!」

シンシアは悲鳴を上げると慌ててイザークから距離を取る。気づかないうちに尻尾の毛が逆立ってぶわっと膨らんでいた。

「大丈夫だユフェ、俺だ。怖くない」

（そんな顔面凶器で見つめられたら怖いに決まってるじゃないの……）

シンシアの心の内など知らないイザークは落ち着かせるために優しい言葉を掛けてくれる。

「新しい環境で不安だろう？　慣れるまではできる限り側にいる」

（いえいえ、そんな気遣い結構ですから。できる限り側に来ないでください。一生来ない

でください）

ぶんぶんと首を何度も横に振るとイザークは「痒いのか？」と言って人差し指で優しく顔や耳後ろを撫でてくる。

そうじゃない、と猫パンチをお見舞いしてやろうと思ったが、彼の指先が絶妙に気持ちの良いポイントを押さえてくるので戦意が削がれた。

「すっかり日も暮れているし、腹が減っただろ？　ユフェのために食事を作った」

シンシアは目を丸くした。雷帝であるイザーク自らが料理を作るなど前代未聞だ。

抱き上げられてテーブルへ移動するとそこにはできたての料理が置いてあった。野菜や鶏肉がみじん切りにされてしっかりと炒められている。

イザークはシンシアを抱いたまま椅子に腰を下ろすと、もう片方の手でスプーンを持ち料理を掬って口元へと運んでくれる。シンシアはギョッとして身じろいだ。

（私、陛下に食べさせてもらうなんて絶対無理！　こんなシチュエーション、心臓が縮み上がるわ！）

腕の中で暴れたが却って力を込められて尻尾の付け根をぽんぽんと叩かれた。

「大丈夫だ。俺が作ったから毒は入っていない。初めてだから自信はないがユフェのために作った。食べてくれると嬉しい」

目元を優しげに細めてくる。ちょっぴり自信のなさが窺えるその表情は普段の凶悪な顔つきとも、陶酔した顔つきとも違ってどこにでもいるただの青年だった。

あまりの豹変ぶりにシンシアは動揺を隠せない。吸い込まれるほどに美しく輝く紫色の瞳に至近距離で見つめられ、たちまちシンシアの顔に熱が集中した。

(な、なな何これ。すごく心臓がドキドキしてる。こんなにも動悸が激しいなんて、もしかして私……。私まさか——病気かな!?)

貧民街上がりで教会育ちのシンシアは一度も重い病気に罹ったことはなく、風邪すらひいたことはなかった。

猫になって初めて病気になるなんて災難だったが、思い当たる節は一つあった。

それは月に一度シンシャとして参加している、ハルストンの広場にて行われる慈善活動だ。そこでは治癒の魔法は極力使わず、院内で栽培した薬草で作った薬を提供している。

リアンを筆頭にもともと薬師だった修道士と修道女によって作られた薬は良心的な値段かつ効能が高いため評判がとても良い。

先月、やんごとなき身分の初老のご婦人がやってきて、動悸と息切れが激しくて助けて欲しいと頼まれたことがあった。あのご婦人の症状と自分の症状が少しだけ似ている気がする。

(確かリアンが適度な運動と栄養バランスの取れた食事をするようにアドバイスしていたわね。私もあのご婦人と似たような症状だし、言うとおり実践しないと)

シンシアは意を決して口元に運ばれた料理を一口食べた。

猫用だから味付けはされていない。しかし、宮殿で使用される食材とあってどれも新鮮で非常に美味しい。鶏肉は噛めば噛むほど肉汁が溢れ、炒められた野菜も甘みがある。

聖女といえど聖職者同様に慎ましい生活を送っているため、普段食べているものといえばパンとレンズ豆のスープに干し肉だ。ここまで質の良い食材を食べたのは久しぶりかもしれない。

感動して目を輝かせると、イザークはシンシアの様子を見て目を細めた。

「気に入ってくれたみたいで良かった。まだたくさんあるからゆっくりお食べ」

純粋な気持ちを口にする彼はやはりいつもと違ってどこにでもいる青年だった。威厳溢れる皇帝とは対照的な一面に、シンシアは一安心する。

(陛下もなんだかんだ血の通った人間てことね。猫にここまで優しくできるなら、人にも優しくしてくれるといいな)

しかし、その安堵は一瞬で消え去ってしまう。

「ユフェの側にいるためにも仕事は速く終わらせないといけないな。側に……。――シンシア」

イザークは眉間に皺を寄せ焦慮を露わにした。

無意識のうちに名前が口を衝いて出てしまったのだろう。しかし、唐突に名前を呼ばれた当の本人は心臓が縮み上がった。

（な、ななんでいきなり私の名前を!?　もしかして、捜索中の聖女が一向に見つからないから苛ついているの？　一刻も早く処刑したいと!?）

猫には優しくても人間にはとことん容赦がないことを思い知る。

やっぱり雷帝は怖い!!　とシンシアは再認識した。


それから毎日、イザークはシンシアのもとに現れた。

会議が終われば本来執務室でやるべき仕事を全て持ち帰って仕事をする。最初は呆れ顔だったキーリは慣れたのか淡々と仕事の報告をするようになった。

シンシアは長時間イザークと同じ空間で過ごすのは苦痛だろうと覚悟していたが、実際のところは快適だった。

仕事をしている間、イザークは黙々と書類に目を通して書き物をしているだけでちょっかいは一切出してこない。仕事が終わるまでは机にかじりつき、時にキーリや文官を呼んであれこれと指示を出したり、意見を求めたりしている。

雷帝と呼ばれ恐れられているのはただ横暴な性格だからだと思っていたが、彼は書類の政策内容に不審な点はないか目を光らせ、君主としての手腕を発揮していた。

（陛下――イザーク様は私が思っていた人物像とちょっぴり違うかもしれない。多分横暴で残忍なんじゃなくて誰に対しても人一倍厳しい方なのかも）

その証拠にその日自分に課した仕事は必ず最後まで終わらせている。

仕事が終われば疲れ切った顔をして「俺の唯一の癒やし」と言って撫でにやって来る。

威厳こそあれ、疲弊しきったイザークを見ていると放っておけなくなった。

（ボロボロになるまで働いてくれているんだもの……ここで触られることを拒絶すれば私はただの悪魔だわ）

イザークは激務であるはずなのにシンシアのために必ず食事を作って食べさせてくれる。長生きするようにと栄養バランスを考えた料理が出されるので、彼は心の底から猫が好きなのだと実感した。

そして猫の生活をして早数日、嬉しいことが一つある。

（監禁生活が続くとばかり思っていたけど。まさか自由に出入りできるようになるなんて）

イザークはシンシアが部屋を出入りしやすいように扉を少しだけ開けてくれた。恐らくストレスが溜まらないようにという彼なりの配慮なのだろう。これは大変ありがたい。

お陰で宮殿内をいろいろと探索することができるようになった。けれど人間の時ですら広大に感じた宮殿は猫の姿になるとより一層広く感じられる。

まだまだ宮殿内を把握できていないため、使用人や業者が使う外の出入り口は分からないが、地道に探索しているので着実に教会へ戻る計画は進んでいるはずだ。

（このまま調査すれば一週間以内に出口の場所を突き止められるんじゃない？　あの日以降イザーク様は私の話はしなくなったし、旨くいけばこの猫の生活ともおさらばだわ）

シンシアがソファの上で計画成功の妄想に浸っていると、ノック音と同時に扉が開いて少女が入ってきた。

爽やかな青のお仕着せに白のエプロンとキャップをつけた少女は一目で宮殿の侍女であることが分かる。栗色の髪のポニーテールがトレードマークの彼女は、歳はシンシアと同い年か一つ、二つ下で、くりくりとした瞳は榛色をしている。顔立ちは少々幼いがそれとは裏腹に所作はとても落ち着いていた。

シンシアは彼女が貴族の娘であると察した。他の世話をしてくれた侍女と違って、教会に定期的にやって来るやんごとなき身分の人たちと仕草や醸し出す雰囲気が似ているのだ。

ただし、一点だけツッコミを入れるとすればそんなやんごとなき身分の彼女には似合わない、明らかに野生の小鳥が頭の上にちょこんと留まっていることだ。

疑問符を浮かべていると、彼女は仕事中のイザークのもとへは向かわずに真っ直ぐこちらへとやってきた。

「はじめましてユフェ様。本日よりあなた様付きの侍女になりましたシャルロッテです。

私のことはロッテと呼んでくださいませ」

ロッテはにっこり微笑むとスカートを摘まんで深々と一礼する。彼女の礼に習って小鳥も慇懃な礼をするのがまた可愛らしい。

ただの猫にここまでの仰々しい挨拶をするのは、ユフェが皇帝の猫でその飼い主が目の前で仕事をしているからだろう。

(猫にまで皇族にするような態度を取るなんて……侍女も大変だわ)

申し訳ない気持ちになって、思わず本音を口にする。

『私にそこまでの振る舞いはしなくていいわ。お願いだから普通に接して』

「あら、そんな風に思っていたのですね。気にしないでください」

『でも、フランクな言葉を使ってくれると気兼ねない関係になれそうだから。そっちの方が嬉し……は？』

シンシアは目を見開いた。何が起きたのか分からなくて驚愕が混乱に変わる。

ロッテが口元を手で押さえてくすくすと笑っていると、書き物をしていたイザークが手を止めて顔を上げた。相変わらず人に対しては目つきが鋭い。

「ロッテ、ちゃんと説明しないとユフェが混乱するだろう」

「申し訳ございません陛下。いつもの調子で喋ってしまいました。説明しておかないと人も動物も最初はみんな驚きますね」

ロッテはシンシアと視線が合うように床に膝をつくと説明を始めた。

「私は物心ついた時から動物を手なずける力があって、意思疎通ができるんですよ」

例えばこの子、とロッテは視線を上にやって小鳥を紹介する。

「この子は宮殿の庭園で怪我をしていたところを私が助けたんです。助けて、と弱々しい声が聞こえました」

小鳥はロッテにとても懐いていて彼女が手のひらを差し出せば、ぴょんと移動する。ロッテが部屋の中を飛ぶようにお願いすると、小鳥は短く返事をしてぱたぱたと部屋の中を一周して再び彼女の手のひらの上に戻ってきた。

『凄い！　私も小鳥さんと話せないかな』

シンシアは猫と小鳥は意思疎通できるのか試しに挨拶してみたが、種族が違うので叶わなかった。項垂れているとロッテが頭を撫でて慰めてくれる。

「ユフェ様は猫だからこの子とは話せません。この力は我が一族の特別な力なんです」

『……もしかして、ロッテはランドゴル伯爵の血筋だったりするの？』

ランドゴル伯爵とは勇者と共に五百年前の魔王を倒した二人の魔法使いのうちの一人だ。彼の魔法は普通の魔法と少し違っていて、動物たちを手なずけ、意思疎通ができる力を持っていた。その力のお陰で五百年前の魔王軍との戦いでは人間だけでなく動物たちの力も合わさり、優位にことが進んだ。彼の功績はかなりのものだったと歴史書にも書かれている。

尋ねられたロッテは驚いてからぱちぱちと瞬きをした。

「ええ、その通り。私はランドゴル家の者です。ユフェ様は猫なのに……やけに人間のことに詳しいんですね」

確かに猫が人間の事情に詳しいのはおかしなことだ。ロッテに不審に思われたかもしれない。シンシアは慌てて言葉を付け加えた。

『わ、私はイザーク様の猫だもの！　帝国のことはなんでも知っておかないと彼の側にはいられないじゃない？』

胸を張って堂々とした態度を取っていれば信憑性が増し、大抵の人は欺されてくれる。聖女になりたての頃は勉強不足でこういったはったりをよく使っていた。

シンシアがさも当然のような口ぶりで言うので、ロッテは「まあ、そうだったんですね」と、思惑通り納得してくれた。怪しんでいない様子にシンシアは内心小さく息を吐く。

ロッテは手に提げていた彫刻の美しい木箱を開けた。中にはブラシと色とりどりの首飾り用のリボンが並んでいる。小鳥が木箱の縁に降り立つと、嘴を使って色の提案をしてくれる。ロッテは小鳥が選んだエメラルドグリーンのリボンを取り出した。

次にブラシを手に取って、優しくシンシアの毛並みを整え始める。

「ユフェ様は聡明でとっても美しい猫ですね。私の実家はあの魔王を倒した魔法使いの末裔であるランドゴル家。でも魔王を倒した祖先の力はどんどん薄くなってしまったから、家の者は動物を操ることはできません。その力が使えるのはもう私くらいです」

『そうだったの。でもロッテと話せて良かったわ。ここじゃ誰とも話なんてできないから』

ふと、シンシアは仕事をしているイザークを一瞥した。

どうして彼がロッテを自分付きの侍女にしたのか合点がいく。宮殿内は猫アレルギーの彼のためにシンシア以外の猫はいない。イザークはユフェが寂しくないよう話し相手を作るため、ロッテを世話役にしてくれたようだ。その親切は非常にありがたく、嬉しい。

（イザーク様のお陰で意思疎通できる相手ができて良かった。でも、ランドゴル伯爵家なんて結構すごい家柄なのに……なんでロッテは侍女なんてやってるの？）

ランドゴル伯爵家は国内の名門貴族の一つだ。

教会育ちで貴族社会に疎いシンシアでさえもその名前は度々耳にしていた。ベドウィル伯爵家出身のルーカスから名門貴族くらいは覚えておいた方が良いと言われていたので、最近勉強してその辺の事情は知っている。

近年のランドゴル伯爵家は動物を手なずける力が失われつつあるにせよ、家柄自体は衰退しているどころか繁栄を極めている。今では上位貴族と肩を並べるくらい勢いに乗っているらしい。そこの令嬢とあらば縁談など引く手数多だろう。

（貴族の令嬢は社交界へ出る前に行儀見習いをするらしいけど、ロッテの年齢的に遅いんじゃないかな？　確か行儀見習いを始めるのは十三歳とかそれくらいよね？）

貴族の細かい風習がよく分からず首を傾げていると、書類を小脇に抱えたイザークがシンシアのもとにやってきた。

「ユフェ、俺は今から会議に行ってくる。夕食までには戻ってくるからそれまで良い子にしててくれ」

イザークはシンシアに話しかけると、優しく顎を撫でてくる。続いてロッテの方へ顔を向けるといつもの厳めしい顔つきになった。相変わらず恐ろしい目つきにシンシアは身が竦んでしまう。

ロッテは緊張している様子ながら、恐れることなくその視線を受け止めていた。

「侍女長から仕事の内容は聞いているな？」

「はい陛下。身の回りのお世話についてはお任せください」

「あとはユフェの遊びや話し相手になってくれ。宮殿での生活は寂しいかもしれないからな。……俺はロッテの、ランドゴル家の才を買っている」

すると榛色の瞳が激しく揺れた。イザークに悟られないようにか俯くと唇を嚙みしめる。

「……ユフェ様のお世話ができて私はとても光栄です。ご期待に応えられるよう誠心誠意尽くさせていただきます」

ロッテは無理矢理笑顔を作る一方で、手に持っているブラシをきつく握りしめる。その様子を見ていたシンシアはロッテのちぐはぐな態度を不思議に思った。

「それでは陛下、行ってらっしゃいませ」

ロッテはブラシとリボンをソファに置いて立ち上がるとイザークを見送った。廊下へ出て姿が見えなくなるまで深々と礼をした後、上体を起こしてこちらに戻ってくる。

シンシアは引き続き毛並みを整えてもらえると思って待ち構えていた。ついでに浮かない顔をしていたことについても訊いてみようと思う。不安な点があるならお互い最初に解消しておいた方が良い。

ところがロッテはソファに置いていたブラシとリボンを拾い上げると、手早く木製の小箱に戻してしまう。

『えっと、ロッテ？』

シンシアが目を白黒させているとロッテがあざ笑うような表情を向けてきた。

「わざわざ煌びやかな宮殿まで来て猫一匹の世話なんてごめんだわ。意思疎通ができるからってどうして私が猫の世話をしないといけないの？　私の才を買っていると言うのなら、陛下はどうしてもっと大役を任せてくださらないの？」

ロッテの目に余る豹変ぶりにシンシアはぽかんと口を開けた。ずっと間抜け面をしていたからか、ロッテが苛立たしげに睨めつけてくる。

「陛下の猫だからって調子に乗らないでくれる？　私はランドゴルの力を使ってもっと多

くの人の役に立つ仕事をするの。こんなちっぽけな仕事、やってられないわ。……せいぜい、出世のためにあなたを利用させてもらうから」

フンッと鼻を鳴らすとロッテは小箱を持って足早に部屋から出て行ってしまった。

何が何だか分からず取り残されてしまったシンシアは暫くの間、呆然と佇んでいた。

ロッテは宣言した通りイザークの前では猫思いの良い侍女を演じていた。そして二人きりになればにべもなく必要最低限のことしかしなくなる。

向こうが話しかけてくることはなく、こちらが話しかけても無視される。数日後には話しかけようとしただけで眉根を寄せ睨まれた。

女って怖い！　と、ロッテの二面性を見る度にシンシアは心の中で叫んだ。

（いやまあ、人間相手と猫相手とで態度が違う顔面凶器のイザーク様も大概よね。この宮殿の人たちは本当に落差がある。表裏がないと生き残れない規則でもあるのかな？）

窓辺の椅子に座って日向ぼっこをしているとお腹の虫が鳴いた。

朝食と夕食は必ずイザークと一緒に食べる、というよりも食べさせられるので空腹の心配はない。しかし昼食だけはロッテが用意することになっていて、小魚のオイル漬けが一切れ皿に盛られているだけなのでお腹は満たされない。さらに彼女は午前中に掃除を終わらせるとすぐにいなくなってしまう。

よって、シンシアは自分で追加の昼食を調達しに行かなくてはならなかった。

時計の針を確認したシンシアは椅子から降りると廊下へと駆け出した。

「まあっ、ユフェ様じゃない！」

廊下を通りかかった数人の侍女がひょっこりと部屋から現れたシンシアに声を掛けてくる。

「ミャウ」

侍女の足下まで歩き、挨拶をすればたちまち黄色い声が上がる。この侍女たちは掃除係で昼頃になると一仕事終えて廊下に現れる。そのタイミングを狙ってシンシアは彼女たちの前に現れることにしていた。

「もしかして今日もお腹が減っているの？」

「ミッ!!」

「ふふ、厨房へ行きましょう。私の友達が首を長ーくして待っているわ」

「ウニャッ!!」

嬉しくて尻尾がピンと立つ。

人間だった頃のプライドはないのか？　と、訊かれそうだが貧民街で行き倒れていた経験上、プライドで飯が食えた例しはないしそんなものより命の方が大事だ。

侍女の一人に抱き上げられて厨房へと向かっていると、前方の人だかりが目に留まった。中心ではうら若い騎士が甘い笑顔で侍女たちに接している。

焦げ茶色の髪に切れ長のアイスブルーの瞳をしていて、右の目元には色気漂うほくろがある。女心をくすぐる美貌に周りの侍女たちは溜め息を吐き、頬を紅潮させて秋波を送っていた。

見覚えのある顔だったのでじっと観察していると、シンシアを抱いている侍女がどうしても虫が好かないといった様子で言葉を漏らした。

「あらカヴァス様だわ。相変わらず女の子に大人気ねえ」

名前を聞いてシンシアは彼がイザークの側近騎士で、戴冠式後の宴にいたことを思い出した。女性関係に耽溺しているように見えるが剣の腕は相当だとルーカスから聞いたことがある。

シンシア一行は遠巻きにその集団を横切った。カヴァスは誰に対しても平等に甘い笑顔を向けていて時折、顔と手を侍女の耳元に寄せて囁く仕草をする。相手はたちまち顔を赤くしてのぼせ上がっていた。それを見てシンシアを抱いている侍女が苦々しい声で呟いた。

「あの方、本命がいるらしいから本気になると泣きを見る羽目になるのよねえ」

それを聞いてシンシアはまじまじとカヴァスを見た。

（ああいう男の人っていろんな女の子に手を出しておきながら、二人きりになれば『君が

一番だよ』なんて言うのよね。シンシャとして何度か恋愛の話を聞いたけど、みんな弄ばれた挙げ句、捨てられていたわ）

幼い頃から教会で育ったシンシアは恋愛がよく分からない。が、カヴァスがいけ好かない野郎だということは容易に想像できる。これまで恋愛の悩み相談を女の子たちから聞いていたし、既婚者からはパートナーに選ぶなら誠実な男に限ると散々聞かされていた。

（皆に甘いんじゃなくて私にだけ特別、とか。そういうのが良いな）

自分にだけ特別な一面を向けてくれる人。例えばいつも強がりなのに自分にだけ弱い部分を見せてくれる人。いつもは無愛想なのに二人きりの時は笑顔になってくれる人。

ふと、脳裏に浮かんだのはいつも極悪非道な顔つきなのにうっとりと優しい瞳でこちらを見つめるイザークだ。頭を撫でてくれる彼の手の温もりを思い出す。

胸がキュッと苦しくなったところでシンシアは我に返った。

（……あれ!?　なんでここでイザーク様が出てくるの!?）

おいおいちょっと待て。いや、今のは喩えが悪かった。

（イザーク様が優しいのは猫限定で人間には適用されないから！　だって向こうは聖女の私を殺したくて堪らない雷帝だもの!!）

猫の生活を送ったせいで少しほだされているのではないかと自身を心配するシンシア。変に心を許してはいけないと、改めて気を引きしめることにした。

厨房でご飯をもらってお腹を満たした後、宮殿内を探索することにした。ご飯を食べている間に、新人侍女が先輩に宮殿の内部についてあれこれ質問していたのを聞いたのだ。

（お陰で地道に調べる手間が省けたわ）

運良く宮殿内の情報を入手できたので早速把握するために歩いている。

この宮殿の造りは回廊式。道なりに進めば元の場所へと帰って来られる造りのはずだが、広大なために人の足でもそれは叶わない。

引き返すか中庭の十字路もしくは対角線上に設けられた小道を進んで目的の場所へと向かうしかない。中庭の小道の間には植栽がなされ、四季折々の花や木で溢れている。また中央には噴水をあしらった水路があり、その先の池と繋がっている。噴水の周りにはベンチが設置されているので憩いの場となっていた。

宮殿の一番奥に位置する場所は皇帝の居住エリアがあり、さらに皇帝の部屋の前を通らなければ辿り着けない場所——後宮がある。

後宮の中を少しだけ覗いてみると、宮殿とはまた違う優雅な趣があった。妃を世話する女官と呼ばれる女性たちが甲斐甲斐しくそこで働いている。

どこか慌ただしい印象を受けるのは気のせいだろうか。

（イザーク様は確か二十一歳のはず。そろそろ妃を迎え入れる時期だから準備を始めているのかしら？　現状、向いているベクトルが猫なのがおかしいけど）

侍女たちの噂によるとイザークには婚約者もいなければ好いている令嬢もいないらしい。確かに毎日仕事に明け暮れていて女性の影は一切ない。

また、キーリの話を聞いていて分かったことだが、これまでのイザークは仕事中毒で食事も睡眠もろくにとっていなかったようだ。ユフェが宮殿に来たことで漸く改善が見られるようになったらしい。

（あの話が確かならイザーク様って色恋ごとに関心がないのかもしれないわ。いやでも、女性に現を抜かさない代わりに猫には現を抜かしているわね）

蕩ける笑みのイザークを思い出してシンシアは渋面になる。しかし、ユフェがいることで健康改善ができたようなのでこれはこれで良かったのかもしれないと思うことにした。

『ここにはなさそうだから別のところを調べましょう』

後宮内を探索する必要はないと判断したシンシアは踵を返して宮殿内を歩き始める。

廊下は室内同様に煌びやかな空間になっていた。壁には百合の花を抱える乙女や鮮やかな色糸をふんだんに使った動物文様のタペストリーが掛けられ、至る所に象牙や金属の象眼細工が装飾されている。間隔を空けて置かれている飾り箪笥の上にはカットグラスや陶磁器などの工芸品がある。庶民感覚のシンシアからすれば触れるのも憚られる品々ばかりで絶対に近寄らないでおこうと距離を取って歩いた。

装飾は豪華で見飽きないが長い廊下を真っ直ぐ進み続けるのは思いのほか苦痛だった。

（ふう。先が長くて嫌になるわ。いろんなものを見て回れたのは良いけど、使用人の出入り口はどこにあるの⁉）

このまま進み続ければ、皇族礼拝室や中央教会の聖職者との謁見室がある典礼エリアだ。エリアが違ってくるのでどこかに使用人の出入り口はきっとある。が、歩き続けて疲れが溜まってきたので、シンシアは歩みを止めることにした。

『猫の足だと歩幅が小さいからやっぱり疲れるわね。これだと宮殿から脱出できても教会まで何日掛かるかな？』

気が重くなって深い溜め息を吐いていると、前方から顔色の悪いロッテがやって来る。

俯きがちに小さな声で何かを呟いていた。

中途半端に世話をされ、無視されている相手にせよ、ただならぬ様子の彼女を見て心配になる。

『ロッテ、顔が真っ青よ？　具合でも悪いの？』

話しかけるとロッテは立ち止まり、シンシアを見て瞠目した。血の気の引いた顔からはさらに焦燥感が漂ってくる。

「な、何？　どうかしましたか⁉」

体調を心配して声を掛けたのに刺々しい口調で返される。話しかけられて気が立っているようなので、一先ず慎重に言葉を選んだ。

『私はあなたを心配しているの。どこか具合の悪いところはない？』

すると、みるみるうちに榛色の瞳が潤み始め、今にも泣き出しそうになった。

「そんな、どうして分からないの？　薬は服用したのに昨日よりさらに悪化してる」

『薬って何のこと？』

「どう、して……」

シンシアを見て顔を強ばらせるロッテは数歩後ろに下がると、そのまま逃げるように足早に廊下を去っていった。

『変なロッテ。一体、何がどうしたのかな？』

さっぱり腑に落ちないロッテの行動にシンシアはただただ首を捻るばかりだった。

部屋に帰って来ると仕事を終えたイザークが待ち構えていた。

「探検していたのか？　あまり遠くへは行くな。心配するからな」

イザークは破顔するとシンシアを抱き上げてベルを鳴らし、ロッテを呼んだ。

呼び出されたロッテを一瞥するとやはり顔色が芳しくない。

「お茶を淹れてくれ」

「かしこまりました」

ロッテは二つ返事で答えるとすぐに茶菓を運んできた。テーブルに置かれたのはほんのりと香る柑橘系の爽やかな香りのハーブティー。ケーキはドライフルーツやアーモンド、クルミなどがたっぷり入っていて美味しそうだ。

猫になって食べられないのが非常に悔やまれる。物欲しそうに眺めていると、シンシアの目の前に魚形のクッキーが置かれた。

「ユ、ユフェ様もどうぞ」

ロッテは相変わらずイザークの前では献身的に振る舞っていた。だが、今日はどこか態度がよそよそしい。未だ顔色が優れない様子なのでシンシアはロッテの身を案じた。

『ロッテ、まだ具合が悪いなら今日はもう宿舎に戻った方が良いわ。イザーク様が怖いのは分かるけど、正直に申し出れば許してもらえるはずよ』

声を掛けるとロッテは眉根を寄せて悲痛な表情でこちらを見つめてきた。

「ん？　ユフェはなんと言っているんだ？」

平生のイザークはシンシアが何を喋っているかロッテに尋ねてこないが今日は興味があるらしい。ハーブティーを啜りながら訊いてくる。

ロッテは当惑してイザークとシンシアを交互に見た。

恐らく体調について伝えるべきか悩んでいるのだろう。ロッテは擦れた声を絞り出す。

「あの、陛下。実は私……」

「どうした？　何か言いたいことでもあるのか？」

イザークに流し目で一睨みされたロッテは、ヒュッと喉を鳴らした。手にしていたティーポットをテーブルの上に置き、無理矢理微笑むと背筋を伸ばして口を開く。

「いいえ。なんでもありません。ユフェ様は……イザーク様の猫になれてとても幸せだと仰っています」

それからロッテは如何にユフェがイザークを慕っているのかを伝えていく。

（そんなこと一度も言ったことがないわ）

尻尾をぱたぱたと動かして耳を外に向けて低く伏せる。

イザークは「それで？」と催促し、紫の瞳を爛々と輝かせた。よほどその言葉が嬉しかったのか頻りにシンシアへ視線を送る。

『ねえ、ロッテ。出世したくて仕事の評価を気にしているのは分かるけど、イザーク様に嘘を伝えるのは止めてくれるかな？』

ロッテに詰め寄って少しだけ強めに申し出る。

眉を顰めるロッテはスカートをきつく握りしめると口を開いた。

「私のことを評価していると。イザーク様には……」

『えっ？　ちょっと、口から出任せを喋らないで？』

「今、今はなんと言ったんだ？　頼むから同時通訳をしてくれ」

懇願されたロッテは困った様子でイザークを窺う。

伝えにくそうに僅かに言い淀んだが意を決して答えた。

「……く、口から臭いがするから喋らないで、と」

「待ってくれロッテ、ユフェはそんなことを言っているのか⁉」

『一言もそんなこと言ってません‼』

「一言も言うな。つまり喋るな、と」

会話が、彼女の通訳が怪しい方向へ向かってしまっている。

『私を嫌いなのは分かってる。でもお願いだから波風立てないで……』

「お願いだから風上に立たないで、と仰っています」

そこまで酷いことは言っていない。

完全に口臭が耐えられないから喋るな近づくなと言っているではないか。これはただの悪口であり、そして不敬ものである。

シンシアは恐れ戦いた。

『……ろって……やめ、ロッテ』

「やめろ、と仰っています」

頭痛を覚えて気が遠くなった。何故悪い方向ばかりに通訳されるのか。

シンシアが胡乱な瞳でロッテを見れば、たちまち視線を泳がせる。エプロンスカートの前で頻りに手を擦り合わせていた。

すると突然、激しい音が聞こえてくる。互いに顔を見合わせてイザークの方を見れば、顔を朱に染めてテーブルに拳を打ちつけ、わなわなと身体を震わせていた。

嗚呼、終わった。自分の人生は猫生も含めて終わってしまったと覚悟する。

ごくりと生唾を飲み込んで次の動向を注視していると、イザークが震える唇から言葉を紡いだ。

「…………俺としたことがなんという失態だ。すまないユフェ。すぐに薬師のところへ行って菜園のペパーミントを根こそぎもらってくる!!」

『えっ!?』

椅子から勢いよく立ち上がると言うが早いか、イザークは部屋から出て行ってしまった。


(もう！　ロッテのせいであの後大変だったんだから!!)

翌朝、シンシアは心の中で悪態を吐いていた。

部屋を飛び出したイザークは数刻後に帰ってきた。薬師からペパーミントティーを処方してもらったらしく、息はとても爽やかになっていた。おまけにお風呂も済ませるという徹底ぶり。それでも嫌われないか不安のようで、触っても大丈夫かと自信なさそうに何度も訊いてくるので宥めるのに苦労した。

とんだ巻き添えを食う羽目になったシンシアだったが、ふとロッテのことを思い出す。彼女はイザークが戻ってくるまでの間、ずっと落ち着かない様子で物言いたげにこちらを見つめてきた。結局最後まで口を開くことはなかったが、後ろ暗い何かがあるような気がしてならなかった。

（なんというかロッテは懺悔室にやって来る人たちと同じ雰囲気があったのよね）

人には言えない悩みや犯してしまった罪。そういったものを抱える人間は良心の呵責に耐えられず誰かに救いを求める。

ロッテはその人たち同様、表情に暗い影を落としていた。心配で尋ねたかったが本人が話したくないという態度を貫いているのでそっとすることしかできなかった。

『考えても仕方ないわね。とにかく、使用人の出入り口を今日こそ見つけないと』

小さく息を吐くと、昨日とは反対側を探索するために部屋を出た。

寄せ木細工の廊下を進んでいると、陶器の水差しを運ぶ侍女の二人組が前方を歩いている。

二人は歩きながら声を潜めて話し込んでいた。くすくすと笑って楽しげだ。宮殿のゴシップにでも花を咲かせているのだろう。仲の良い女の子が集まってひそひそ話をするとくればお決まりである。

遠巻きに眺めていると、二人のうちの一人が扉を開けた。廊下の突き当たりにあるそれは中庭とは反対側だ。開いた先から風が入り、外の景色が垣間見える。

間違いない。あれはずっと探し求めていた使用人出入り口に続く扉だ。

シンシアは全力で走ると扉が完全に閉まってしまう前になんとか身体を滑り込ませることに成功した。

外の通路は石畳によって整備されていて、中庭ほどではないが垣根や樹木が植わっている。その先では商人が積み荷を運び、衛兵が誘導していた。

たちまちシンシアの胸が高鳴った。

(向こうの方で商人も行き来しているし、この先に出入り口がありそうな気がする)

希望を胸に抱いていそいそと歩き始めると、不意に小さな悲鳴が聞こえてきた。

声のする方へ頭を動かすと、少し離れたところで三人組の侍女が同僚であるはずの侍女を突き飛ばしていた。悲鳴は突き飛ばされた侍女からのもので、地面に尻餅をついている。

シンシアは近くの茂みに隠れるとこっそり様子を窺った。目を凝らすと尻餅をついていたのはロッテだった。

「良いわよねえ、まだ一ヶ月と経っていないのに半年以上いるあたしたちよりも早くに出世するんだもん。ここに来てすぐに皇帝陛下付きの侍女になって、次に陛下が溺愛する猫の世話係。同じ伯爵家出身なのに私と違って優遇されて羨ましい」

「動物と話せる力がなんだって言うの？　どうしてそれだけで特別扱いされるわけ？　宿舎で一番広い角部屋を新人に与えるなんてずるい。本来あそこは成績の良い侍女にしか与えられない部屋よ。もうすぐ私の部屋になるはずだったのに!!」

侍女たちはロッテの早い出世や待遇が許せないらしい。後からやってきた新参者が自分以上の能力を発揮させると、ある特定の人間はそれが羨望から嫉妬へと変わる。

（ロッテはランドゴルの力で多くの人の役に立ちたいという、強い信念を持ってここにやって来た。早く出世するために人一倍努力して頑張ってきたんだと思うわ。……現状世話は中途半端で口も利いてもらえないけど）

毛嫌いされている相手ではあるが、やはり虐めの現場を目の当たりにして好い心地はしない。

気持ちが沈んでいると三人のうちの一人が手にしていた水差しをロッテの頭上に持っていき、それを傾けた。

注がれた水は黒々とした汚水だった。

「動物と話ができるって？　だからあなたは獣臭いのね。私は親切だから洗濯水を持ってきてあげたわ。雑巾を洗った水だけど洗剤はちゃーんと入っているし、少しは臭いが消えるでしょう？」

「……」

ロッテは無言でその行為を受け止めていた。艶やかなポニーテールの栗色の髪は汚れ、お仕着せも濡れて清潔な白いエプロンが灰色に染まっていく。

「あなたって芋臭い・獣臭い・鈍臭いの三拍子が揃ってるのね。先輩がわざわざあなたのために洗濯水を持ってきてくれたのよ？　早くお礼を言いなさい」

無様な恰好に満足してせせら笑う侍女たち。

頭のてっぺんからずぶ濡れになったロッテは尚もだんまりを決め込んだ。

その態度が気に食わないのか水差しを持っていた侍女がポニーテールを無遠慮に摑んで引っ張り上げる。

「そういう澄ました態度が気に入らないのよっ！　伯爵家の中でも下位のくせに、私たちのことを下に見ないでちょうだい」

ロッテは必死に唇を嚙みしめて耐え忍んでいる。泣きもせず、痛がりもしないロッテに気を悪くしたのかもう一人が踵でロッテの足を踏みつけた。

「家名のお陰で一目置かれているからって調子に乗っちゃ駄目よ？　あなたなんて動物と話せる特別な力がなければ何もできないただの小娘じゃない。そうでしょう？」

それに反応したロッテが呻き声を上げた。

「ち、違う。ただの小娘なんかじゃ……」

「いい加減にして。郷に入れば郷に従え。それくらい馬鹿でも分かることよ？」

髪を引っ張り上げた侍女が合図すると、仲間の侍女がロッテを羽交い締めにし、もう一人がエプロンポケットから裁ちばさみを取り出す。

「分をわきまえて宿舎の部屋も世話係も辞退するって誓いなさい。さもないとより無様な姿で歩くことになるわ。嗚呼、肌を傷つけたらごめんなさい。私、裁縫は得意ではないの」

今からどんな目に遭うかなんて誰にでも想像がつく。それでもロッテは嫌だと拒絶した。

「私は立身出世してお父様に認めてもらうまで諦めないわ。こんな嫌がらせに負けない!!」

「なっ、何よその態度。だったら痛みで分からせてあげる!!」

さっきまで髪を掴んでいた侍女が逆上して手を振り上げた。

『三人が一人にたかるなんて恥ずかしくないの？　いい加減にしなよ!!』

我慢の限界に達したシンシアは茂みから飛び出した。

「シャーッ!!」と牙を剥き出しにして三人を睨めつける。これ以上ロッテが危害を加えられないように最大限に威嚇した。

（陰湿な侍女たちに私を傷つける度胸なんてない。そんなことしたら家名にも傷がつくだろうし、私の飼い主はあの雷帝・イザーク様だから恐ろしくて喧嘩なんて売れないはず）

シンシアの思惑通り、侍女たちは怖じ気づいて後退る。威嚇してさらに詰め寄ると、顔面蒼白になって蜘蛛の子を散らすように逃げていった。

三人がいなくなったのを見届けた後、シンシアはロッテのもとへと身体を向ける。

『ロッテ、大丈夫？　虐められてること、上に報告した方が良いよ』

「……」

ロッテは濡れた顔を手で拭い、立ち上がるとお仕着せの表面に付いた水気を払う。

助けたのにまさかのだんまりを決め込まれて流石のシンシアも腹に据えかねた。何か言ったらどうなの、と尋ねようとするとチチッと短く鳴きながら小鳥が空から降りてくる。

それはいつもロッテの頭に乗っている小鳥で、心配しているのか何度も地面を跳ねて鳴いている。

ロッテは頬に張りついた髪を耳に掛けると暗い表情でこちらを見てきた。

「心配してくれてありがとう。だけど、もう私には構わないで」

『どうして？　独りで抱え込むなんて駄目よ。今は大丈夫でもいつか心が死んでしまうわ。それだと遅いのよ!?』

考えを改めるようにシンシアが促せば、ロッテは苦しげに表情を歪めて潸然と涙を流し始めた。

「やめて、話しかけないで。私は……私はもうあなたたちの言葉がほとんど分からないの。あの人たちの言うようにランドゴルの力がなければ私はただの小娘よ」

『えっ⁉』

予期せぬ告白にシンシアは驚いて目を見開いた。

（昨日廊下で会った時様子がおかしかったのは言葉が分からなくなっていたから？）

だとすればその後のイザークへのちぐはぐな通訳も合点がいく。

シンシアはなんと声をかければ良いのか考えあぐねた。

「……意思疎通のできない私に何の価値があるの？」

虚ろな表情でぽつりと呟いたロッテは頬を濡らしたまま、その場から走り去った。

イザークは貴族たちとの会議を済ませると執務室で事務作業をこなしていた。

ユフェの部屋と化している仕事部屋と同様に、室内は年季の入った艶やかなローズウッドの机とその後ろにアルボス帝国を象徴する翼の生えた獅子と月桂樹のタペストリーが掛けられている。その他、側近のキーリや文官たちも仕事ができるようにいくつか机が設けられていた。今、ここにいるのはイザークとキーリの二人だけだ。

『雷帝』という異名が付いたことであからさまに嫌な態度を取る貴族はいなくなった。

これは側近たちやオルウェイン侯爵である祖父が手を貸してくれたお陰でもある。中でもキーリは頭の回転が速く、状況を把握するとこちらの利になるよう動いてくれる。剣が握れない代わりに多くの書物を熟読し、吸収した知識を駆使して政治の手腕を振るってくれているのだから彼ほど頼りになる右腕はいない。

キーリの助けのお陰で、これまで国民を苦しめていた貴族から多くの証拠を摑んで取り締まることに成功した。

人身売買や麻薬など数々の悪行に手を染めていた貴族は全員財産を没収し、爵位や称号を剝奪した。加えて反乱を起こせないように魔力の薄い辺境地へ送った。魔法も使えず、また外部から簡単に連絡が取れない隔絶した場所に送ったことで周囲は彼らがどうなったのか確かな情報を摑めないでいる。

貴族たちの間では雷帝に目を付けられると無残な末路を迎えるという噂が流れ、その結果悪事を働いたり、皇帝に刃向かったりする者は相当数減った。

だが、今回の議題で大人しくなっていた貴族たちに反撃の機会を与えてしまった。

「このところ大人しかった貴族たちが騒ぎ始めたな」

「ええ。その通りですね」

心の内を吐露すると控えていたキーリが深く頷いた。

議題は中央教会の大神官・ヨハルの弾劾についてで、複数の貴族たちから声が上がっている。

今回、ヨハルが担当しているネメトンの結界に亀裂が入り、何者かに破壊されて大騒ぎになった。討伐部隊の調査の結果、犯人が人なのか魔物なのか分かっていない。小心者の貴族の中には取り乱して「魔王が復活したのでは？」などと馬鹿げたことを言う輩も現れる始末だ。

「今回の騒動に便乗してかは分かりませんが怪しい動きを見せる貴族もいますね」

「その貴族の動向を水面下で探ってくれ。気の弱い貴族たちを扇動して反乱を起こされては困る」

「分かっています。不穏分子は根絶やしにしておかないと秩序が乱れますから」

キーリは警戒心を露わにした。

イザークは机の上に肘をついて両手を組む。

正直なところ、結界自体が弱まって魔物が侵入してしまうことは過去にも事例があり、これまでさしたる問題ではなかった。しかし、ネメトン付近の領内で原因不明の瘴気の発生も重なって、教会側の過失ではないかと囁かれている。

ここでもし聖女の失踪が明るみに出れば大騒ぎするどころかすぐに弾劾裁判が決行され、ヨハルは間違いなく罷免される。

（ヨハル殿以外に中央教会の大神官が務まる者はいない。他の者などそれこそ貴族たちの傀儡にされるだけだ。シンシアの失踪は隠しているが、瘴気が頻発して人的被害が出れば、

領主が教会に対して聖女の派遣を要請するだろう)

その時が来るまでに何とか瘴気の原因を突き止め、シンシアを見つけださなくてはいけない。不安と焦慮ばかりが先行する一方で、イザークはある決断を下した。

「……討伐部隊に命令しているシンシアの捜索を切り上げる」

既にネメトン付近には帝国騎士団と中央教会の聖職者からなる調査団が赴任している。討伐部隊をこれ以上留め続ければ貴族たちに怪しまれ、シンシアの失踪が知られてしまうかもしれない。苦渋の決断だが仕方のないことだった。

キーリは首肯すると、手配するために一度下がった。

平静を装っているイザークはキーリがいなくなると深い溜め息を吐いて眉間を揉む。

討伐部隊を撤退させてもカヴァスに命じているのでシンシアの捜索は続行される。一度も連絡がないことは気がかりだが、カヴァスの腕は確かだと自分に言い聞かせる。

(結界があるということは生きている証拠だ。カヴァスが必ず見つけ出してくれる)

なかなか晴れない不安を抱えたまま、イザークは報告書に目を通し始めた。

仕事が一段落ついたところで、執務室に戻ってきたキーリがお茶を出してくれた。

「お疲れ様です。陛下が毎日ここで仕事をしてくださると僕は大変助かります」

イザークは出されたお茶を早速啜った。

「仕事が滞るようなことはしていないだろう。あと場所は関係ない」

「そうは仰いましても……噂になっているんですよ。『雷帝が猫を溺愛して自室に引き籠もっている』って」

それについては自身も小耳に挟んでいる。それはもう嫌というほどに。

イザークは不満げな顔になった。

「噂を払拭するためにこうして執務室で仕事をしている。本音を言えば、俺は早くユフェのところに帰りたい」

「下心があるにせよ、陛下の作業効率が上がったことは嬉しい限りです。ですが擦り寄ろうとしてくる貴族たちから猫が献上されたらどうするんですか？　ユフェ様以外の猫に触れるとアレルギー反応を起こすのに!!　勝手に宮殿内に放たれでもしたら今度こそ死ぬかもしれませんよ!?」

実際問題、ユフェを宮殿に連れ帰ったせいで貴族たちが珍種の猫を献上してイザークの機嫌を取ろうと躍起になっている。キーリにとってそれは頭痛の種になっていた。

皇族の血を引いているのはイザークただ一人だけ。しかし結婚もしていなければ、世継ぎの予定ももちろんない。ここで途絶えてしまえば内乱が起きるのは必至だ。

「ここで陛下が倒れたら一巻の終わり……猫アレルギーで死ぬとか後世の恥ですからね」

猫で死ぬ馬鹿な皇帝に仕えたくないというキーリの本音が透けて見えた。

真顔のイザークは深く頷くと——続いてへにゃりと頬を緩めた。

「分かった分かった。そんなことにならないよう、もっとユフェとの時間を作らなくてはいけないな。他の猫を愛でる隙などないところを見せつければ献上しようとする馬鹿の気も失せるだろう。今度会議にユフェそっくりのぬいぐるみを持っていってアピールをしようか」

「いや全然分かってませんよね⁉」

キーリがこめかみに手を当ててツッコミを入れるが、イザークは上機嫌で笑みを浮かべる。

ユフェの世話は実に楽しい。手料理を一生懸命食べてくれるところや撫でられて嬉しそうに尻尾をぴくぴくと動かすところは堪らなく愛おしい。

彼女以外の猫を飼うなんてあり得ない。

「俺は猫ならユフェ一筋だ。浮気なんてしない、絶対に」

「嗚呼、駄目だこの人病気……重度の病気。これが人間の女性なら一番良いのに。——ということで、陛下のために妃候補の身上書を用意しました」

転んでもただでは起きないキーリは数人分のそれを机の上に並べた。どれも申し分のない名家で王家と対立する派閥ではなかった。

「俺の気持ちを知っていながらこんなことをするのか？」

イザークが憤りをみせるも、キーリは毅然としていた。

「応援したい気持ちはありますが、僕は国の平和と安定を優先させたまでです。想い人に避けられている時点でもうお察しなんですから、そろそろ諦めて別の誰かを見初めてください。これ以上延ばすことはできません」

最近妙に後宮の方が慌ただしかったのはキーリが水面下で準備を進めていたからのようだ。並べられた身上書に目を通すこともなくイザークはきっぱりと拒絶する。

「彼女の返事を聞くまで俺は誰かを後宮に迎え入れる気はない」

並べられた身上書を空中に浮遊させると、イザークは火を放った。瞬く間に灰に変わっていく様子を目の当たりにしてキーリが「何をするんですか!?」と非難の声を上げる。

国を優先させるキーリとしては、正直相手が軋轢を生まない相手であれば誰でも良い。彼からすれば早く世継ぎを産んでもらい国の安定を図りたいのだろう。

しかし想い人がいるイザークからすれば、まだ答えが出ていない状態で他の誰かを見初めるなんて堪ったものではない。

「こればかりはいくら身上書を持って来られても困る。床に灰を撒いて汚すだけだぞ」

「いいえ。こんなことで僕は諦めませんからね」

キーリが反発の声を上げたところで、イザークは話題を変えた。

会議が終わり、一段落ついたタイミングで話そうとしていたことがあったのだ。

内ポケットにしまっていた小瓶を手に取ると机の上に置く。それはガラス製の緑色の小瓶で、キーリは首を傾げた。

「これが一体どうかしましたか？」

キーリの怪訝な顔を見てイザークは「なるほど」と呟いた。蓋を開けて小瓶の口を向ければ、キーリは漸く顔を強ばらせた。

「なっ。どうしてこんなものがあるのですか⁉」

「理由は俺にも分からない。気配は僅かだったから、近くに行くまで気づかなかった。どこで作られたかは不明だが特殊な小瓶のようだ。これに入れられていては上級の魔法使いでも恐らく気づかないだろう。どういう経緯で紛れ込んだのかすぐに調べて欲しい」

「分かりました。早急に突き止めます」

宮殿内のとある場所で発見したそれはここに決してあってはならない代物だ。問題によっては急を要することになる。

キーリは片眼鏡越しにアーモンド形の目を光らせて小瓶を見つめる。

イザークもまた机の上に置いた拳を強く握りしめ、唇を噛みしめた。

第三章　魔力酔い止めの薬

取り残されてしまったシンシアは途方に暮れていた。何故ならロッテを追いかけようとした時には、既に彼女は姿を消してしまっていたからだ。

まさかの俊足をみせたロッテ。せめてどの方角へ走っていったのかだけでも分かれば追いかけやすいのだが。

唸っていると、ロッテの頭の上にいつも乗っている小鳥が忙しなく跳ねて鳴いた。

「チチッ、チチッ」

『もしかしてロッテの行き先が分かるの？』

「チッ！」

『お願い、案内して』

向こうの言っていることは全く理解できないが、何を言いたいのか何となく分かる。

小鳥は再度短く鳴くと、翼を羽ばたかせて空へと舞い上がった。

外の通路を進み終わると、その先の舗装された石畳の小道を通る。それから森の中を抜けていくと白い二階建ての建物――使用人専用の宿舎が見えてきた。

玄関まで近づいたのは良いが、入り口の扉はきっちりと閉まっていて入れそうになかった。扉を恨めしく眺めていると小鳥が再び鳴いた。こちらだというようにぴょんぴょんと跳ねるので素直に従う。案内された場所は大木の前だった。

小鳥は畳んでいた片翼を広げて何かを示してみせた。

『もしかしてあそこがロッテの部屋なの？』

示された先は宿舎二階の角部屋だ。幸い、大木から伸びた枝を使えば窓際まで辿り着けそうだ。

『分かった。あそこまで私が登れば良いのね！』

シンシアは小鳥の意図を理解すると早速木に登り始めた。

幹の膨らみを足場にしながらせっせと登る。宿舎二階と同じ高さまでに到達すると、ハング窓に近い枝へと移動する。

枝は窓に近づくにつれて細くなっていて、さらに窓との間には距離がある。シンシアはバランスをとりながら枝が折れないギリギリのところまで進んだ。

ハング窓は少しだけ開いているので助走をつけて跳べば部屋に入ることはできるだろう。しかし勝手に人の部屋に上がるのは如何なものか。

迷った末、シンシアは大きな声を出した。

『ロッテ、中にいるんでしょ？　出てきて』

耳を澄ましてみるが部屋からは物音一つしない。

シンシアは首を傾げてもう一度声を掛けようとする。息をたっぷり吸い込んで口を開きかける。と、突然嫌な気配を感じて身の毛がよだった。

意識を集中させてその気配がどこから来ているのか探ってみると、ロッテの部屋から伝わってくる。初めて感じる不穏な気配は魔物の瘴気に似ているが、それとはまた少し違っていた。

（この気配は一体何？　瘴気のようで瘴気じゃない。そもそもこれは魔物のものなの？）

必死にその気配を探ると、それは微かに拡大したり収縮したりしながら蠢いている。魔物の気配や瘴気などは聖職者や魔法使いなら容易に感じ取ることはできるが、今回のように微細な気配は神官クラス以上か上級の魔法使いでも難しいかもしれない。

ロッテがどの程度の魔力の持ち主なのかは分からないが、意思疎通ができない今は当然気配を感じ取ることは不可能だ。その上で、もしも部屋に魔物が潜んでいるとなれば弱り目に祟り目だ。

（これが魔物の瘴気ならロッテが危ない）

一刻も早く彼女に逃げるよう伝えないといけない。

……でも、どうやって？　ロッテはもう動物の言葉が分からないのに。

シンシアは唇を噛みしめた。

名案が浮かべば良いのだがこれといって思いつかない。猫になって特に不自由はしていなかったが、言葉が通じないことがここまでもどかしいのだと初めて知った。

悶々としていると、地面にいた小鳥が飛んできて隣の小枝に留まった。

「チッ！」

首を何度も左右に傾げながら力強く鳴いている。

何を迷ってぐずぐずしているんだ、と急かしているような気がした。

（そうよ。言葉が通じなくたって、私とこの子みたいに心が通じ合えるかもしれない）

高い木の上に登っているところを見ればロッテは慌てて宿舎から出てくるかもしれない。それができれば彼女の身の安全は確保できる。

やってみないと分からないのに最初から諦めてどうする。

シンシアは自身を叱りつけると、肺を広げるように大きく息を吸い込んだ。今度はさらに声を張り上げてロッテを呼ぶ。

『ロッテ！　いるなら出てきて!!』

部屋の中から反応はない。それでもシンシアは辛抱強く呼びかける。

何度も繰り返しているうちにいよいよ声が掠れて咳き込んでしまう。

（言葉が通じなくても私が鳴いてるのは分かるはずよ。反応がないのはどうして？）

訝しんだシンシアはさらに枝の先端へと進み、目を凝らして窓と窓枠の間を覗き込んだ。

室内は至ってシンプルで、右側に机と椅子、左側にベッドとクローゼットと小さな本棚がある。そこにロッテの姿はなかった。

一体どこに消えたんだろう。

困惑していると部屋の入り口脇にある扉が開いた。中から清潔なお仕着せに着替え終えたロッテが出て来た。汚水を浴びて汚れてしまったのでお風呂に入っていたようだ。トレードマークであるポニーテールは下ろしていて髪は半乾き。頬は少し赤く染まっているがどんよりとした印象だ。

ロッテはふらふらとした足取りでベッドに腰を下ろした。瞳から大粒の涙が溢れ、お仕着せが濡れることも気にせずに俯く。やがて、胸の奥にしまっていた真情を吐露し始めた。

「動物たちの言葉が分からない。唯一誇れるものがなくなってしまう。そんなの絶対嫌」

自身の両手を眺め、唇を震わせる。

ロッテは今まで息をするように動物たちと対話して暮らしてきたはずだ。突然言葉が分からなくなってしまうことは彼女の当たり前だった世界の崩壊を意味する。そして、ユフェの世話を続けることは辛酸を嘗めることだった。

顔から手を離したロッテは服の裾で涙を拭き、鼻をすすりながら続ける。

「お父様だけには知られたくないわ。庶子の私は今ですら見向きもされない存在。ランドゴルの力が使えなければ完全に不要になる。……多くの人の役に立っている、立派な姿を見せてお父様に認めてもらいたかった。宮殿に来てから早く出世することだけを考えて努力してきたのに」

シンシアはロッテがどうして出世に拘っていたのか漸く合点がいく。ずっと父に目を向けてもらいたい一心で働いていたようだ。

さらにここ数日のロッテの態度についても振り返る。これはシンシアの憶測にすぎないが当初必要最低限のことしかしないと宣言したのは出世することを想定してのことだろう。情が生まれてしまえば離れることは難しい。最初から割り切っていれば負い目を感じずに次のステップを踏むことができる。

ところが、仕事を遂行していく中で動物との意思疎通ができなくなってしまった。

(途中からは怖くて私に接することができなくなっていたんだわ)

話しかけても無視してこちらを睨んでいると思い込んでいたが、あれは言葉が分からず真剣に理解しようとして必死になっていたのだろう。

シンシアが思案していると急にロッテが呻き声を上げる。

「また頭が痛くなってきた。おかしいわ。ここにきてから薬はきちんと飲んでいるのに。飲んでも全然力が元に戻らない。……原因は魔力酔いじゃないの?」

魔力酔いとは空気中に含まれる魔力と体内の魔力濃度の差によって起きる一種の病気のことだ。時間が経って身体が環境に慣れれば魔法が使えるようになるが、それまではうまく使うことができない。乗り物酔いのように体調や体質によって酔う、酔わないがあり、あまりにも酷い時は魔力酔い止めの薬を服用して体内の濃度を調整する。

「薬が効かないのは魔力酔いのせいじゃなくて私の中で魔力がなくなっていっているんだとしたら？」

ロッテは弾かれたように顔を上げる。

「これが陛下にバレたらユフェ様付きの侍女から外される。最初の掃除係に戻ることになれば、これまでの努力も無駄になる。……とにかく今は薬に頼るしかないわ」

額を押さえながらロッテは扉横の壁に設置された飾り棚へ手を伸ばす。

シンシアは視線を動かして飾り棚の上にある茶色いガラス瓶を見た。ラベルが貼られ中には丸薬がいくつも入っている。至って普通の薬瓶。だが、先程の不穏な気配を感じた。

『……もしかして、瘴気みたいな気配の正体ってあの薬⁉』

確認のため意識を薬瓶に集中させる。

思った通り、一つ一つの丸薬からまざまざと瘴気を感じ取った。

（ロッテの魔法が使えなくなったのはあの薬のせい？　もしそうならあれは毒薬よ！）

ロッテはよろめきながら立ち上がると机へと向かう。悲痛な表情を浮かべて手を伸ばす様子にシンシアは焦った。

『それを飲んじゃ駄目！』

しかしロッテにはシンシアの言葉が届いていないようで手際よく薬瓶の蓋を開ける。手のひらにコロンと出てきた丸薬からは先ほどよりも一層強い瘴気が感じられた。

(多分ここからじゃ浄化の魔法は届きそうにないわ)

瘴気を浄化するにはシンシアが対象物に接近するか触れる必要がある。この距離では浄化できるかどうか怪しかった。

『せめて、せめてロッテがもう少しこっちに来てくれたら……そうだ！』

シンシアは顔を小鳥に向けるとロッテの気を引くように頼んだ。小鳥は了解したと短く鳴くとすぐに枝から飛び立って、部屋の中へと入っていく。

小鳥の大きさから瓶を足で掴んで持ってくることは不可能。しかし、手のひらの丸薬を掴んで気を引くことはできる。

「あっ、何するの！　それはあなたの食べ物じゃないわ。返しなさい！」

小鳥は器用に飛びながら嘴で丸薬をくわえると窓枠へと降り立つ。

瓶を握りしめたままのロッテは血相を変えて窓辺に向かってきた。

『今だ！』

シンシアは素早くティルナ語を詠唱し始めた。言葉を紡ぎ始めると光の粒が現れ、それは瘴気を纏った茶色い瓶も小鳥がくわえる丸薬もそしてロッテすらも、全てを包み込んでいく。

何が起こったのか分からないロッテは恐怖で悲鳴を上げたが、すぐに意識を失ってガクンと膝からその場にくずおれてしまった。

全ての詠唱を終えると光の粒はまるで生きているように渦巻き状に動き、神官が身につける組紐文様の陣を鮮明に描くと空気中に溶け込むようにして消えていく――。

辺りは鳥のさえずりやそよ風に揺れる葉音だけが響いていた。

立っている位置からはかろうじて倒れているロッテの顔が見える。体内の瘴気が消えたことで顔色は幾分か良くなっていた。

無事に浄化が済み、シンシアは人心地がついた気分になった。

『浄化はこれで完了したけど。……あの薬、どうして瘴気が含まれていたの？』

通常瘴気があるのはネメトンか瘴気を放つ一部の上級の魔物だけだ。その場合は気体なので薬の調合で使用することは敵わない。

とはいっても人間が瘴気を扱える方法が一つだけある。

（魔物の核――魔瘴核は瘴気を含む邪悪な魔力の塊だから、核を粉末にしてしまえば可能だわ）

魔瘴核は赤い鉱物石のような見た目で内部に瘴気を含む邪悪な魔力を有している。固体なので気体より扱いやすいが、割って細かく砕いたものを口にすれば気体と同じように危険だ。

（そもそもこの魔瘴核は一体どこからきたの？　市場に流通することはまずないし）

ネメトンや魔物に関しては帝国と中央教会が連携して管理している。教会がネメトンに結界を張って魔物の侵入を防ぎ、有事の際は帝国が討伐部隊を派遣する。民間のギルドが討伐することは絶対にない。

（これまで結界が破れて魔物が侵入したことがあったらしいけど、それは私が教会に引き取られる前の話で最近までなかった。魔瘴核は清浄核にされて厳重に管理しているのに。……誰がどうやって手に入れたの？）

討伐した魔物の魔瘴核は帝国側から中央教会側へ渡されて厳重に管理される。さらに運ばれた魔瘴核は浄化されて青色の清浄核に変えられる。魔瘴核と違って清浄核は良薬の材料になるのだ。

（清浄核は市場にも出回っているけど元が魔瘴核だってことは一般の人は知らないと思う。知っているとすれば魔物の討伐部隊の騎士とか、神官や宮殿のお偉い薬師の一部の人間だけってリアンが言っていたわ。関係者でもない限りこれを使おうなんて思わない。だけど一体誰が……）

堂々巡りに陥っていると、小鳥が窓枠に丸薬を置いて部屋の中に引き返す。ロッテの耳元で鳴いて軽く頬をつつけば瞼が震え始め、榛色の瞳がゆっくりと開かれる。

「……私ったらどうしたのかしら」

状況が把握できていないロッテは額に手を当てながら起き上がる。

「チチッ、チチチッ」

「そう。あなたとユフェ様が助けてくれたの。——え？」

額から手を離して目を瞬きながら、ロッテは小鳥を見下ろした。困惑と歓喜を綯い交ぜにした表情が浮かび上がり、うまく言葉が出せないのか口をぱくぱくさせている。

「う、嘘……言葉が、言葉が分かるわ!!」

やっとの思いで言葉を絞り出したロッテは口元を両手で押さえ、感極まって涙を零した。

その様子を見たシンシアは目を細めた後、彼女の名前を呼ぶ。

『ロッテ！』

こちらに気づいたロッテはハング窓に駆け寄ると、下窓を全開にして身を乗り出した。

「ユフェ様、木の上は危険だからすぐに降りてください！」

お礼を言われるのかと思ったが予想は大きく外れて心配されてしまった。

シンシアが立っている枝は宿舎二階と同じ高さにある。万が一落ちれば骨折は免れないだろう。

「早く幹の方へ戻ってください。私の主流魔法は簡単な水魔法しか使えないの！」

『え、何？　なんて言ったの？』

強い風が吹き始め、ロッテの最後の言葉は掻き消されてしまう。

シンシアが聞き取ろうともう一歩踏み出すとパキリ、と枝が音を立てた。

あっと声を出すと同時に枝は折れ、シンシアは地面へ真っ逆さまに落ちていく。

「ユフェ様‼」

ロッテの悲鳴に近い叫び声が頭上から響く。この速度で精霊魔法はまず間に合わない。

精霊魔法の欠点は主流魔法のように詠唱を省くことができないことだ。その上、今のシンシアは普通の猫だ。猫は魔法を使えないのでここでもし魔法が間に合ったとしても新たな問題が発生する。それなら怪我が最小限に済むように手を打つしかない。

シンシアは受け身の形になるよう体勢を整えて衝撃に備える。木の根がゴツゴツとしている硬い地面を目の当たりにして、腹底が恐怖でヒュンッと縮み上がった。

できれば軽傷で済みますように。心の中で必死に祈っていると落下速度が急激に緩んだ。

（ど、どうなってるの？）

シンシアは驚き戸惑った。

もしかしてロッテが助けてくれたのだろうか。

念のため頭を動かして宿舎二階に視線を向けてみるものの、開いた窓からははためくカーテンが見えるだけで彼女の姿はなかった。

それでは一体誰が？

地面に足が着き、こてんと首を傾げていると背後から足音が聞こえてきた。振り返ると同時に優しく抱き上げられ、目前には金色の糸で月桂樹の刺繍が施された真っ黒の上着が現れた。この宮殿で黒を纏う人物はあの人しか見たことがない。

上を仰ぐと心配な面持ちのイザークの顔があった。彼はためつすがめつ時間を掛けてシンシアに怪我がないか確認する。

「ユフェ、どこも痛いところはないか？」

「ミャウ」

大丈夫だと鳴けばいつも以上に強く抱きしめられる。彼の温もりがじんわりと身体に伝わってきて、今更ながら恐怖で全身が小刻みに震え始めた。

（タイミングよく助けてもらえて良かった。覚悟はできていたけどやっぱり怖かった）

温もりをもっと感じたくて顔を胸板に押しつければ、大きな手が背中を撫でてくれる。何度も撫でられているうちに徐々に恐怖心は消えて、身体の力も抜けていった。

「ユフェ様っ!!」

宿舎から急いで出てきたロッテは顔が真っ青だった。が、イザークを見るなりさらに顔を青くさせ、ごくりと生唾を飲み込む。

ロッテは深々と一礼した。

「イザーク皇帝陛下に拝謁いたします。ユフェ様をお救いくださりありがとうございます」

「ランドゴル家の者ならば、猫の習性など熟知しているはずだが。どうしてこんなことになった？」

怒気を含む声が響き、シンシアでさえも肝を冷やした。殺気立ったオーラを直接肌で感じると、息をするのもままならない。

「そ、それは……」

「ついてこい。詳しい話は執務室でする」

「……かしこまりました」

顔を上げるロッテは恐怖の色を滲ませながら、イザークに付き従った。


執務室に連れてこられると程なくしてキーリが書類を抱えて姿を現した。

「おや、一度休憩すると仰って喜色満面でユフェ様のもとへ向かわれたはずなのに。何か問題でもありましたか？」

執務室は本来であれば皇帝とその側近や関係者以外立ち入り禁止だ。それにも拘らずただの猫と世話係の侍女がこの場にいる。これは何かあったのだろう、とキーリは察しているようだった。

イザークはシンシアを抱いたまま自身の椅子に腰を下ろして長い脚を組む。

「──ロッテ、さっきは何があったのか包み隠さず話せ」

気に入らない人間を目だけで瞬殺できそうな厳めしい表情で、ロッテを睨めつけている。

シンシアは宮殿に連れてこられた当初よりイザークに対する畏怖の念は抱かなくなったと自負していた。ところがそれはただの勘違いだったらしい。

今は心臓が縮み上がるほどの恐怖で支配されている。

ロッテは小さな悲鳴を上げるとすぐに深々と頭を下げる。その体勢のまま、彼女はことの次第を話した。

「――本当に申し訳ございません。陛下の大切な猫を危険な目に遭わせてしまいました」

謝罪の言葉を口にするロッテに対してイザークは終始無言のままだ。

どんよりとした剣呑な空気がその場を支配する。

シンシアが落ち着かない様子で二人を交互に見ていると、イザークが沈黙を破った。

「謝ることはそれだけではないだろう。ユフェの世話をしっかりするよう頼んだはずなのに、必要最低限のことしかしていなかった。俺の目を欺けるとでも思っていたか？」

イザークは爪の手入れがされていないことやブラッシングされている形跡がないことなどを指摘した。

「ユフェを溺愛するこの俺が気づかないわけがない。まったく小賢しい真似を」

「……っ!!」

ロッテは血の気のない顔を上げて口を開き掛けたがそのまま噤んだ。

大事な愛猫を危険な目に遭わせたことや、ぞんざいに扱った事実がある以上、どんな言葉を並べたところで雷帝と恐れられるイザークがロッテを斟酌してくれる可能性は低い。

シンシアは話が恐ろしい方向へ進展してしまうのではないかと危機感を募らせた。

（確かにロッテは必要最低限のことしかしなかったわ。だけど、ロッテが全部悪いっていうのは違うと思うわ。私と接する度に言葉が分からなくて苦しく辛かったはず。それに私が木に登ったのはロッテのせいじゃない）

シンシアが救いを求める眼差しをイザークに向ける一方で、彼はじっと考え込むように黙り込んでいる。やがて小さく息を吐くとおもむろに席を立った。机を回ってロッテの前へと足を運ぶ。

「ロッテは俺の期待に応えなかった。あまつさえ、俺の前ではユフェの世話をきちんとしているように欺いていた。これが何を意味するか分かるか？」

詰め寄られたロッテは傍から見ても分かるほど震えている。答えられないでいると、キーリが代わりに正解を口にした。

「皇族に欺しや嘘を吐いた場合は欺瞞罪が適用されます。重い場合は個人のみならず家族も含まれ、財産の没収に加えて爵位の剝奪もあり得ます」

「申し訳ございません！　わ、私はっ……」

ロッテは涙声で謝罪の言葉を絞り出すがイザークは聞き飽きたとばかりに手を振った。

「言うことは謝罪の言葉だけか？」

さらに低くなった声音にロッテは声を呑む。

怒りの静まらない様子のイザークはこれからロッテを処罰するつもりだ。

シンシアはイザークの腕の中で暴れると、腕の力が緩んだ隙に机の上に飛び乗った。

『ロッテから詳しい話を聞いていないのに勝手に処罰しないでください！』

シンシアは必死にイザークに訴えた。言葉が通じなくとも、小鳥と気持ちが通じ合ったようにイザークにも気持ちが届くかもしれない。それに愛猫家なら自分の猫の気持ちくらい表情を見て察することができるはずだ。

ところがイザークはシンシアの方を見てぽかんと口を開けただけだった。何故かその背後では同じようにキーリも驚いて呆気にとられている。

シンシアは首を傾げた。

（いつも一声鳴けば話しかけてくれるのに。どうしてイザーク様は応えてくれないの？）

聞いているか確認を取るために再度話しかける。尚も反応を見せないイザークにとうとうシンシアはムキになった。

『もうっ！　イザーク様の人でなし!!　ロッテを傷つけたら私が許さないんだから!!』

「……………俺は人でなしか？」

『ええ、そうです！　人でなしです!!　ロッテが意思疎通できなくなったことやその苦しみを知らないまま勝手に処罰しようとしてるあなたは人でな……うん？』

途中まで捲し立てるように喋っていたが違和感を覚えてぱちぱちと瞬きをする。

（今、イザーク様は私の言葉を正確に聞き返さなかった？）

室内に一瞬沈黙が流れ、シンシアは背中に嫌な汗をかきはじめる。

これは一体どういう状況だろう？

混乱しているとロッテがおずおずと小さく手を挙げて呟いた。

「あの、ユフェ様は妖精猫だったんですね」

「妖精猫？　なんだそれは？」

疑問符を浮かべたシンシアの代わりに、イザークが尋ねる。

ロッテは自分が話しても良いものか躊躇ったが、訥々と説明を始めた。

「妖精猫は常若の国の住人で、稀にこちらに訪れると言われています。一見、普通の猫ですが違いは人の言葉を話せることです。本性を現すのは稀だとランドゴル家に代々伝わる史籍に記されていました」

シンシアはロッテの説明を聞いて、どういう状況に直面しているのか漸く理解した。呪いで猫の言葉とティルナ語しか話せなかったのに、人間の言葉が話せるようになっているらしい。

人間の言葉を話す猫など奇怪を極めている。だからイザークもキーリも目を白黒させていたのだ。ただ一人、ロッテだけは冷静だった。

「妖精猫は人間事情にも詳しく、精霊魔法が使えるとも書かれていました。一族の中には作り話ではないかと怪しむ声もあったのですが、たった今、本当であることが証明されました。数百年に一度の大発見です」

率直な見解を口にするロッテに対して、シンシアは慌てふためいた。自分は魔物の呪いで猫にされた普通の人間で、そんな滅多にお目にかかれない存在ではない。

訂正を入れようと口を開き掛けたが、喉の先まで出かかった言葉をグッと飲み込んだ。

まずここで自分が呪いを掛けられた人間だと告げれば速やかに中央教会の神官が呼び出され、解呪してくれるだろう。しかし解呪してもらったが最後、シンシアは元の人間の姿——つまりイザークが処刑したくて堪らない聖女に戻ってしまう。

それだけは絶対に回避したい。

このまま妖精猫と偽るか、人間であることを正直に申し出るか。心の中で葛藤が続く。

（心配している修道院の皆に迷惑掛けてしまったことを謝りたい。元気な姿を見せて安心させたい。——でもやっぱり解呪してもらうならイザーク様がいない、安全が保障されたところが良い！）

最後の最後でシンシアは命惜しさに黙殺することにした。

ロッテの話を聞いて喜びの声を上げたのはイザークではなく意外にもキーリだった。

「なんと。ユフェ様がそんな希有な存在だったとは！」

いつも生真面目で笑顔の一つも見せないのに珍しい。爽やかな笑みを零すキーリはすぐに我に返ると咳払いをして真顔になった。

「失礼しました。精霊を間近で拝見するのは初めてだったので少し興奮してしまいました」

ロッテが妖精猫だと言ってくれたお陰でどうにかこの場を切り抜けることができそうだ。イザークも納得している様子で「なるほどな」と呟くと話を戻した。

「ロッテもユフェも何か勘違いをしているようだが、俺が先程『言うことは謝罪の言葉だけか？』と訊いたのは、ロッテがどうして俺を欺いたのかを正直に答えて貰うためだ。ロッテの口から事実を話せば、俺を欺いたことにはならない。それなら処罰する必要もない」

その言葉を聞いて驚いたロッテは不安げに顔を上げた。

イザークは本当に処罰しないのだろうか。噂の『雷帝』がこんなにも温厚なわけがない。

シンシアもロッテと同じように内心戸惑っているとキーリが側頭部に手を当てて深い溜め息を吐いた。

「またあなたはそんなことを言って。周りの者に残酷さを見せつけて畏怖を植え付けないと箔がつかないでしょう！」

「今回は個人的なことだから別に構わないだろ」

「いいえ困ります。あなたは貴族たちから恐れられている『雷帝』なんですよ。彼らに畏怖の感情を抱かせ、国を動かしているという自覚を持ってください!!」

こめかみに青筋を立てて詰め寄るキーリにイザークはどこ吹く風で聞き流す。

(イザーク様は本来優しい人で雷帝というのは演技なの?)

キーリのやり取りや先ほどロッテに掛けていた言葉から推測するに、イザークは厳格な性格ではないようだ。

いい加減小言は聞き飽きたというようにキーリを手で払い除けると、改めてイザークはロッテを眺める。

「ロッテがユフェをぞんざいに扱っていたのには何か理由があったんだろう? 掃除係の時はいつも朝早くから真面目に、他の人が気に掛けないところにまで目を向けている姿をよく目にした。なにか事情があるならを俺にきちんと教えてくれないか?」

尋ねられたロッテは悩んでいる様子だった。何度も口を開いては閉じを繰り返すと、やがて覚悟が決まったのか本当のことを話した。

「……実は動物と意思疎通ができなくなっていたんです。部屋で泣いているとユフェ様がわざわざ木に登って様子を見に来てくれました」

一旦言葉を切るとロッテは俯いて右手で自身の左手首をきつく握りしめる。

「辺境地であるランドゴル領は王都のハルストンよりも魔力濃度が薄いです。私は生まれも育ちもランドゴルで、他の環境には不慣れです。魔力濃度の差に身体が慣れず魔力酔いを起こしていました」

ロッテは人よりも魔力酔いを起こしやすい体質だった。以前、一度魔力酔いを起こしたことがあったため、あらかじめ薬を持参していた。しかし、それだけでは足りなかったので宮殿の薬師に頼んで薬をもらっていたという。

「薬？　魔力酔い止めの薬か？」

イザークは聞き返すとロッテは大きく頷く。

「はい。……でも薬は効かなくて。いくら飲んでも動物たちの言葉が分からなくなっていったので原因は魔力酔いではなく、魔力を失ったのかもしれないと思うようになりました。だからユフェ様と接するのが怖くてぞんざいな扱いをしてしまいました」

ロッテは目を伏せると握っていた自身の手首をさらに強く握りしめる。

イザークは魔力酔い止めと聞いて思案顔になった。

「……事情は分かった。だが今は力を使えている。ずっと服用を続けていたはずなのにどうしてだ？」

「力が戻る直前の記憶が曖昧で……。ユフェ様は知っているんじゃないでしょうか？」

不意に話を振られてシンシアは冷や汗をかく。浄化の力を持っているのは聖女だけだ。

妖精猫という存在が精霊魔法を使えるにしてもどこまでの魔法が適用されるか分からな

いため下手なことは口にできない。

三人の期待を帯びた視線が一気にシンシアへ集中する。

『私はただ倒れていたロッテに声を掛けただけですよ』

きょとんとした表情でシンシアは嘯いた。

イザークは肩を落としたが、素直に「そうか」と答えると再びロッテに視線を向ける。

「ロッテ、今日はまだ体調が優れないだろう。後で調査のために魔力酔い止めの薬を提出してもらうが、明日からまたユフェの世話に励むためにも今は宿舎で休むと良い」

その言葉にロッテは驚きと戸惑いを綯い交ぜにした表情を浮かべる。

「えっ？　でも、あの。私がまたお世話をしてもよろしいのですか？」

そう尋ねたロッテだったがすぐに口を開いた。

「僭越ながら陛下、私はユフェ様にお仕えする資格はありません。今からでも配置換えをさせてください」

『えっ。どうして!?』

話が丸く収まったと思った矢先、思いもよらない申し出にシンシアは声を上げた。

ロッテは申し訳なさそうに微笑む。

「力が使えなくなったことを正直に陛下に申し上げるべきなのに、私はランドゴル伯爵の耳に届くことを恐れて画策していました。特にユフェ様には辛い思いをさせてしまって。

……これは私ができるせめてもの罪滅ぼしです」

『辛くなんてなかったわ。ロッテの方がずっと苦しかったと思うから。私はあなたのことを怒っていないし、これからも側にいて欲しい』

しかしロッテは首を横に振った。

「いいえ、できません。私は、ランドゴルの力がなくなったと父に知られたら幻滅される。屋敷を追い出される。あの時はそればかりが頭を支配していて、我が身可愛さで動いていたんです。そんな私が側でお仕えする資格なんてありません」

するとと話を聞いていたイザークが肩を竦めた。

「何か勘違いをしているようだが。伯爵は娘を路頭に放り出すような冷血漢じゃない」

「私は庶子です。ランドゴルの力が宿って初めて父と顔を合わせました。『お父様』と呼ばせて頂きました。父にとって私は力がなければ取るに足らない存在なんです」

自分の暗い身の上を打ち明けるロッテに、イザークは一通の手紙を差し出した。

読むように促すと手紙を受け取ったロッテは、封筒を開けて中の便せんを読み始める。

次に口元に手を当てて声を呑み、全てを読み終えると泣き出しそうな顔でイザークを見つめた。

「伯爵はロッテがここに来る前に何通も俺に手紙を送って頼んできた。初めての奉公で至らない面もあるかもしれないとか、魔力酔いが起きて役に立たないこともあるかもしれないがその時は大目に見て欲しいとか。きっと愛情表現が下手なだけだ。伯爵と向き合うためにも手紙を出すと良い。いろいろ解消されるはずだ」

イザークは厳めしい表情を緩めると穏やかな声色で言った。

「ユフェがロッテを気に入っているからクビにするつもりは毛頭ない。引き続き世話係をやってくれるか？」

「……はい」

ロッテは目尻に溜まった涙を払うと、これまでとは違う晴れ晴れとした笑顔で返事をした。

太陽が沈み、雲一つない紫色の空には星たちが瞬いている。宮殿では屋内外問わず主流魔法によって灯りがぽつりぽつりと点り始めていた。

地上でも夜空のように美しい光が現れる様は幻想的だ。

その様子をぼうっと眺めながら、シンシアは窓枠に座り込んで尻尾を揺らしていた。

執務室での話が終わるとロッテは宿舎へと帰っていき、シンシアはキーリによって部屋へと戻された。それ以降ずっとある疑問が頭を占めている。

『私、どうして急に人間の言葉が話せるようになったんだろう……』

シンシアが使える精霊魔法はどれも呪いには干渉できない。

今にも消滅しそうになっていた上級の魔物から受けた呪いだったので中途半端な呪いが掛かってしまったのだろうか。

いくら仮説を立ててもしっくりとくる答えは見つからない。溜め息を吐いて諦めたシンシアは思考を一旦脇に置くと、今日の出来事を振り返ることにした。

ロッテの虐めの現場を目撃したところから始まって瘴気を帯びた薬の浄化、そしてイザークに危ないところを救ってもらったことなど順番に思い出していく。執務室へ連行された時はどうなることかと肝を冷やしたが丸く収まって本当に良かった。

ふと、脳裏には執務室でのイザークの姿が浮かんだ。相変わらずの顔面凶器だが話が終わり、退室するロッテに向ける眼差しは穏やかだった。

（イザーク様、本当は横暴で残忍な人でも厳格な人でもないのかもしれない。キーリ様とのやり取りを聞いていると噂みたいに誰彼構わず処刑する感じじゃないもの。それに欺瞞罪からロッテが逃れられるように最初から話を聞いていたってことにしてくださったし）

シンシアの中でイザークの印象が少しずつ変わっていく。

彼は貴族たちから『雷帝』と恐れられているような血も涙もない人間ではなかった。

——寧ろ、本来の彼は優しい人間なのではないだろうか。

最初は猫にだけ優しい人間なのかと思っていたが、そうではないことを今日の執務室で知った。ロッテのこともそうだが、働きづめでうっすらと目元にクマができているキーリを労っていたし、資料を運んできた文官にも礼を言っていた。何よりも彼の机の上に置かれている書類にはネメトン周辺に住む人々の生活が瘴気に脅かされず、安心して暮らせるように政策提案がまとめてあった。

身近な人や国民を想い、暮らしを良くしようとしている。

『雷帝』と言われて恐れられているが実際は寛大で懐の深い人だった。

（猫にも人にも優しい。なのに彼が恐れられているのは、恐れられるように振る舞っているのは……きっと国の平和のためなんだわ）

そうなると皇帝という立場は随分孤独だ。国のために自分の心を殺して偽って振る舞い続けなくてはいけない。ユフェが唯一の癒やしだと言っていたのも他の誰かに本当の自分を曝け出すことができないからだろう。

（本当の姿を曝け出せないのは寂しい。心が疲弊してしまう。孤独なイザーク様に寄り添えるのは、現時点では猫のユフェしかいないじゃない）

せめて自分と一緒に過ごす間だけは、本来の彼に戻ってもらおう。心の支えになってあげよう。シンシアが心の中で決心していると微かに空気が揺れた。

意識を引き戻して目前の窓ガラスを見ると、そこに映り込んでいるのは自分の顔。その隣には顔面凶器がこちらをじっと見つめていた。

「何を見ているんだ？」

『ひぎゃあああああっ!!』

吃驚のあまり、シンシアは跳び上がってそのまま全速力でソファの後ろに逃げ込んだ。

いつの間に隣に立っていたのだろうか。考えごとをしていて気づかなかった自分が悪いのだが心の準備ができていなかったので衝撃を受けた。

「嗚呼、驚かせてすまないユフェ」

言い方や雰囲気からおろおろとしている空気が伝わってくる。シンシアがそっとソファから顔を出せば、片膝を床につけて許しを請うイザークの姿があった。

（皇帝が猫に跪くってどういうこと!?）

今度はシンシアが慌てふためいた。ぱっと飛び出してイザークに駆け寄る。

『私は大丈夫ですので、そのような恰好はおやめください。皇帝の威厳が損なわれます!!』

イザークは微動だにしない代わりにおもむろに口を開いた。

「……正体を明かすことはユフェにとって危険な行為だったんじゃないのか？」

イザークたちは妖精猫に対して好意的だったが、世の中すべての人間が好意を抱いてくれる訳ではない。珍しいというだけで手に入れたがる蒐集家や猫と妖精猫がどう違うのか追究したい研究者が一定数存在する。イザークはそれについて危惧しているのだろう。

「こんな結果になってしまったのは俺がロッテを怖がらせてしまったからだ」

イザークは自分のせいでユフェが妖精猫であることを打ち明けたのだと勘違いしているらしい。

シンシアは妖精猫ではなく呪われた人間だ。実際はどうして喋れるようになったのか分からないし、謝罪されても却ってこちらが気後れしてしまう。

『確かに誤解はしてしまいました。でも最初からイザーク様はロッテを処罰する気なんてなかったんでしょう？』

「厳重注意処分にはする気だった。だが結果的にユフェに迷惑を掛けてしまったんだ。そのことについては詫びよう」

『それは私じゃなくてロッテに言ってください。彼女、怖がっていましたから。あと正体を明かしたことは後悔してません。今まで黙っていたのは突然猫が喋ったら好奇の目に晒されると思っていたからです。でもここで一緒に過ごしていくうちにイザーク様やその周りの方たちなら私を受け入れてくださると確信しました』

我ながら上手く言ったものだと思う。口から出任せではあったがイザークはその言葉に納得してこっくりと頷いてくれた。

「分かった。ロッテには怖がらせてしまったことを後できちんと詫びよう」

『ええ、お願いします。というか、私は最初から許しているので早くお立ちに――っ!?』

気づけばシンシアはイザークの腕に抱かれていた。次に優しく頭をぽんぽんと撫でられる。何がどうなったのか分からず、シンシアは目を白黒させた。

「大丈夫だ。ユフェが妖精猫であることは漏らすなとキーリとロッテ、それからカヴァスには伝えてある。宮殿では今までどおり、普通の猫であるように振る舞ってくれ」

秘密を打ち明けてくれたことが嬉しくて仕方がないのか、イザークは瞳を細めて屈託のない笑みを浮かべる。

やがて、渡したいものがあると言ってシンシアを一旦床に下ろした。

懐に手を入れてイザークが取り出したのは黒くて四角い箱だった。

「悪いが後ろを向いて座ってくれないか？」

頼まれたシンシアは素直に身体を反対に向ける。と、首後ろでカチリという音がして少し重たいものが首に下がった。

下を向いても丁度見えない位置に何かがある。再び抱き上げられて姿見へ移動するとシンシアの首元には神々しく輝く宝石――森の宴があった。

「これは妖精猫であるユフェにこそ相応しい。首が苦しくないよう伸縮自在の特別なものを使っている。――やはり、若草色の瞳には森の宴が似合うな」

どこか満足げなイザークはやがて、シンシアの首後ろに口づけを落とした。

「……っ!?」

鏡越しで目の当たりにした行為にシンシアは目を見張る。

口づけされたところが熱くなり、さらにその熱は身体全体へと広がっていく。

鼓動がいつもより激しくて煩い。心の底から焦がれるような感情と喜びの感情が沸き起こって綯い交ぜになる。

――また、自分の体調が悪くなっているようだ。

シンシアは心臓の鼓動を感じながら、健康的な生活を心掛けようと何度も自分に言い聞かせたのだった。


執務室での出来事から数日後。

シンシアはロッテと暖かな日差しの下で中庭を散歩していた。

あの日以降、ロッテは毎日献身的に世話をしてくれる。イザークと同じくらい甘やかしてくるところが少々困るが、前よりも打ち解けてとても仲良くなった。

『――それで、ランドゴル伯爵との間にあった誤解は解けたの？』

隣で歩幅を合わせてくれるロッテに尋ねると、彼女は気恥ずかしそうに頬を掻く。

「ええ。お父様は仕事が多忙だったのと娘への接し方が分からなかったのを理由に距離を置いていたみたいなの」

仲良くなってからロッテがシンシアに敬語を使うことはなくなった。彼女との距離が縮まったことが嬉しくて自ずと尻尾がピンと立つ。

「私が手紙を送ったことは何故かお義母様にバレて叱られたそうだわ。お義母様、普段は別の領で領主代行をしているから私も滅多に会えないんだけど……」

そこでロッテが歩みを止めて口を閉じた。丁度前方から先日ロッテを虐めていた三人組の侍女が大股でこちらに向かってきている。

「この間、分をわきまえるよう忠告したはずよ。どうして宿舎の部屋も世話係もそのままなわけ？　あなた先輩に逆らうの？」

キッと睨みつけてくる侍女たちにシンシアは口元を露骨に歪めた。

（まったく懲りない人たちね!!　自分の仕事の成果を棚に上げて努力せずにロッテに嫉妬しているだけじゃない!!）

腹底から怒りが沸々と込み上げてくる。

ロッテはトレードマークの栗色の髪のポニーテールを靡かせながら、近くの木に向かって「おーい」と声を掛けた。すると、一匹のリスがするすると降りてきた。そのまま軽やかな足取りでロッテの肩に乗る。

「先輩方に紹介します。この子はこの中庭に長く住んでいるリスさんです。他の動物たちにも顔が広い子なのでいろんな情報を持っているんですよ。例えば、誰かさんが廊下の装飾品の一部を誤って壊したけど隠蔽したとか。宿舎で他の侍女の部屋に忍び込んで物を盗んだとか。あとは……婚約者がいるのに同僚の侍従と逢瀬を重ねているとか、ね？」

たちまち、三人組の侍女の顔色が真っ青になった。

その後もロッテは『誰かさん』と言いながらも暴露されては困るような隠しごとを延々と話し続けた。終いには侍女たちは手と手を取り合ってガタガタと震えている。

「――それで、素敵な先輩方は私に何のご用でしょうか？」

にっこりとロッテが微笑めば、三人組の侍女たちは無言で踵を返してしまった。

ロッテはリスにお礼を言ってポケットからクルミを出して渡すと、シンシアに向かって片目を瞑ってみせる。

「私ならもう平気。お父様との誤解も解けて力も元に戻ったし、仕事も今はとても楽しいわ。それにね、また悩みができたとしても今度はユフェ様っていう強い味方が私にはいるから」

自信を取り戻したロッテは出会った当初よりもいきいきと精彩を放っているように見える。

シンシアは嬉しくなって若草色の目を細めた。

二人はどちらからともなく前を向くと、色とりどりの花が美しい中庭を歩き始めたのだった。

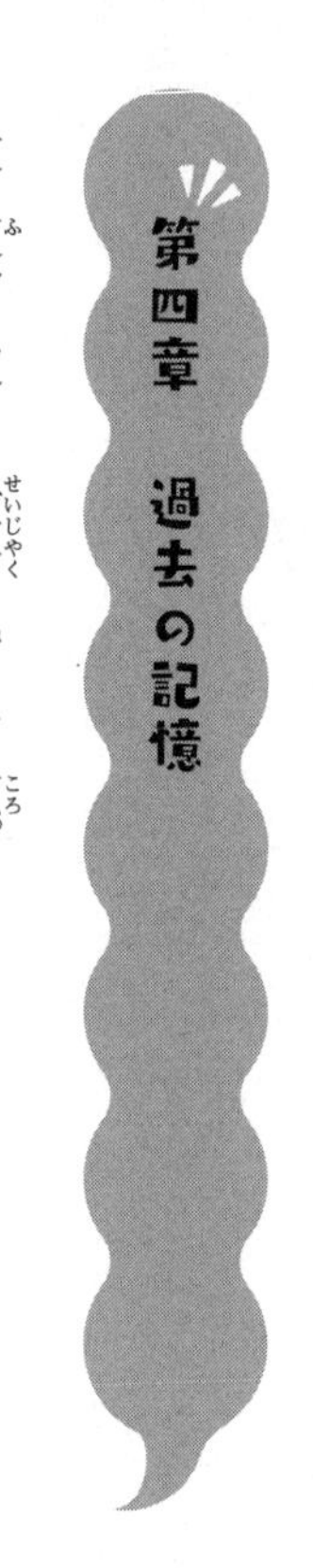

第四章　過去の記憶

夜も更けて辺りが静寂に包まれる頃。

窓から覗く空は雲一つなく、月が皓々と輝いていた。

執務室に残っていたイザークは机の上で両肘をつき、手を組んで深刻な表情を浮かべていた。肘の間にはキーリから受け取った報告書が置かれていて内容は魔力酔い止めの薬についてと、もう一つは例の小瓶の中身――魔瘴核の欠片についてだった。

イザークが魔瘴核の欠片を見つけたのはペパーミントを薬師にもらいに行った時。たまたま薬棚から発せられている瘴気に気づき、持ち込まれていることを知った。

報告書を手に取ると内容の確認を始める。

魔力酔い止めの薬は体内の魔力濃度を調整する作用がある。材料には薬草と魔物の核を浄化した清浄核の粉末が用いられる。服用する人間に多いのは王都から離れた辺境地へ赴任する騎士団や調査団だ。彼らは任務で魔法が使えなくなるといった事態に陥らないよう、日頃から備えていた。

当然ながら先日の討伐部隊も魔力酔い止めの薬を服用して魔物討伐に臨んでいた。それにも拘らず、戦闘中に全員の魔法が使えなくなるという事態に陥った。

話を聞いた当時は魔法を使えなくする新種の魔物を疑った。しかし、今回のロッテの件とイザーク自らが見つけた小瓶が決定打となり、魔力酔い止めの薬に問題があったことを疑わざるを得なくなってしまった。

キーリの報告書によれば、魔物の討伐部隊がネメトンへ派遣される数日前には宮殿の魔力酔い止めの薬が切れていた。薬師の管理簿から新たに薬が補充されたことも確認が取れたので薬を回収して調べると、すべてに魔瘴核が含まれていた。

宮殿の薬師は中級以上の魔力を持っている。小瓶を開けなければ瘴気に気づかないにせよ、使用する際にそれが魔瘴核だと気づくはずだ。いみじくもこの薬は討伐部隊を陥れるために作られたことになる。

そもそも魔瘴核は帝国騎士団の手で中央教会に運ばれ、聖女によって清浄核へと清められ厳重に管理される。管理されている場所は神官クラス以上かつ、ヨハルの許可がなければ立ち入ることはできない。つまりそれは教会内に内通者がいることを示している。

（まさかヨハル殿が魔瘴核の件に関わっているのか？　そうだとすれば、何が目的だ？）

結界が破壊されて非難の的となっているヨハルには罷免の声が貴族たちから上がっている。特にベドウィル伯爵は辛辣な言葉でしつこく詰責していた。

ヨハルは己の過失を誤魔化すために、魔力酔い止めの薬に魔瘴核を仕込んだのだろうか。

「いや、それにしては用意周到だし、いくらヨハル殿でも宮殿の薬師との繋がりはない」

貴族たちからの非難が上がっているとはいえ、ヨハルは平民からの人気が根強い。その理由は中央教会に集まる寄付金の一部を食べ物や衣服、薬などにあて、貧しい人たちへ配っているからだ。

善行を積む彼が自ら人の道を外れる手段にでるとは到底思えない。

(……一度中央教会の別の誰かに話を聞く必要がある)

逡巡していると扉を叩く音が聞こえ、カヴァスが中に入ってきた。

「イザーク陛下に拝謁いたします」

跪こうとする彼を手で制し、本題に入るよう促した。

形式的な敬礼をやめたカヴァスは肩を竦めてみせるとフランクな態度を取る。

「待たせて悪かったね。シンシア殿の捜索だけど私の情報網や追跡能力を駆使しても見つけることはできなかったよ」

その答えを聞いてイザークは肩を落とした。

カヴァスは英雄四人のうちの魔法使いであるフォーレ公爵家の人間だ。ランドゴル伯爵家と違い、精霊女王から与えられた力は脈々と受け継がれている。

「フォーレ家の力、記憶視ではどうすることもできなかったのか?」

「記憶視は精霊樹があって初めて使えるんだ。世話をする精霊が常若の国へ渡ってしまって数も減っているから、それだけ使える範囲も狭まってくるよ。しかもネメトン付近に精霊樹なんて自然災害で一本も残っていない」

フォーレ公爵が精霊女王から与えられた力は植物を操る力。中でも精霊樹の記憶を視る能力は、精霊樹周辺で起きた出来事を知ることができる。

イザークは肘掛けに手を置くと、前のめりになっていた身体を椅子の背に沈めた。

「まあまあ。そんなあからさまに落ち込まないで。私だって意地悪がしたくて言っているんじゃないからね。まあでもちょっとした収穫はあったから渡しておくよ」

カヴァスは後ろ手にしていた手を前に持ってくる。その手の中にあるのは綺麗に畳まれた、けれど泥まみれで穴の空いた布きれと、ひび割れた瓶底眼鏡だ。

「討伐部隊の人間に確認したらシンシア殿が身につけていたものだと言っていたよ」

「どこでこれを見つけた？」

受け取って布を広げると、それは修道女が頭にかぶる頭巾だった。眼鏡はテンプル部分が湾曲し、ガラスは割れて一部が抜け落ちてしまっている。凄惨な状態の手がかりにイザークは哀感を覚えた。

カヴァスは腕を組んで顎に手を当てると口を開いた。

「不思議なことに、二つとも木の樹冠にあったんだ。討伐部隊が地上を血眼になって捜しても見つからないわけさ」

樹冠にあったということは魔物から逃れようとして必死に木の上へよじ登ったのだろうか。考えたくはないが魔物の攻撃を受けて吹き飛ばされた可能性だってある。

(手がかりがボロボロってことは重体で身動きが取れなくなっているんじゃないか?)

いくら聖女のシンシアでも自身が酷く傷ついていれば精霊魔法を使うことは難しい。

手の中にある頭巾と瓶底眼鏡をしげしげと見つめる。燻る不安を抑えながら、イザークは純真無垢な笑顔を向ける少女との出会いを思い出していた。

それは新緑が芽吹き、爽やかな空気に包まれた初夏。庭園では縁取られた緑のツゲの中に、ゼラニウムやデルフィニウム、ダリアなどの色鮮やかな花が植えられている。芝生の上には数多くのテーブルが置かれ、清潔なクロスが敷かれた上には日頃から腕を磨く料理人たちの豪華な料理が並んでいた。

その日、宮殿では先帝の誕生日を祝う茶会が開かれていた。爵位のある貴族や大富豪、そして諸外国からも要人が訪れていた。

十五歳になり、オルウェイン侯爵の庇護から離れて宮殿に戻ったばかりのイザークは、皇子として茶会に出席する予定だった。ところが部屋を出る直前に飲んだお茶には毒が盛られていた。兄弟あるいは妃の差し金であることは容易に想像がつく。

（ここ数日の食事はすべて警戒していたのに……油断した）

宮殿に戻るまで、侯爵お抱えの薬師から毒の知識と解毒についての指南を受けていた。ある程度毒の耐性をつけているので死ぬことはない。が、これから始まる茶会が試練になることは間違いないだろう。

嗤笑する兄弟の顔が頭を過った途端、イザークは素直に舌打ちした。絶対に彼らには今の無様な姿を見せたくない。

目眩と吐き気に襲われて意識朦朧とする中、壁に手をついて歩く。額に珠のような汗を滲ませながら進んでいると、前方に見たことのない少女が立っていた。

身に纏っているのは貴族や大富豪の子供が着るようなフリルやレースのついたドレスではなかった。清潔感はあれど装飾の類いはほとんどなく、白いリネンのドレスは明らかに場違いだ。

さらさらとした金色の髪を揺らしながら、大きな若草色の瞳で不安そうに辺りを見回している。その顔立ちは生まれてこの方見たこともないほど容姿端麗で、本に描かれていた精霊のようだった。

（毒が回って幻覚でも見ているのか？）

焦点の合わない瞳で観察していると、視線に気づいた彼女がこちらを向いた。人がいたことに安心したのか少女は「あっ！」と弾んだ声を上げた。

しかし、すぐに心配でたまらない様子でこちらに近寄ってくる。

イザークは反射的に後ろへと数歩下がったが激しい目眩に襲われてその場に蹲ってしまう。荒い息を繰り返し、床に視線を落としていると、可愛らしい足先が映り込む。

すると、流れるように少女がイザークの手首を掴んでティルナ語で精霊魔法を詠唱し始めた。歌をうたうかのように抑揚のある声は力強く耳心地がよい。自ずと目を閉じて聞き入っていると、重たかったはずの身体が次第に軽くなり体調が良くなったことに気がついた。

(この歳でティルナ語を習得し、精霊魔法が使えるのか?)

イザークはまだティルナ語を習得できていなかった。一年近く勉強しているが、発音は難しく毎回舌がもつれてうまくいかない。自分よりも年下の子が流暢にティルナ語で精霊魔法を使いこなせることに驚いて顔を上げると、ひんやりとした手が額に触れた。

「顔色が随分良くなったわ。熱はない?」

穏やかな笑みを向ける少女は確認するようにイザークの頬や額に何度も触れてくる。

「な、何をするんだ!」

予測できない行動に戸惑い、どう対処して良いのか分からない。とにかく無遠慮に触れてくる手を勢いで払い除けると、少女は目をぱちぱちとさせてから「ああ」と言うとどこか納得した様子だった。それからスカートを摘まんでまだまだ板についていない礼をする。

「勝手に触れて申し訳ありません。今まで街の人たちと接してきたから上流階級の礼儀作法は勉強中なんです。えっと、体調は平気ですか？　もう苦しいところはないですか？」

「っ……」

イザークは体調を尋ねられて瞠目した。

宮殿で過ごした幼い時も戻った今も、自分を気に掛けてくれる人間は誰一人いなかった。母は物心つく前に死に父は息子に、とりわけイザークに興味がない。いてもいなくても同じだとレッテルを貼られているようで苦しかった。そんな暗くて辛い感情ばかりを抱いてしまうこの宮殿で、居心地がよくて温かな気持ちになったのは初めてだ。

イザークは少女のことをもっと知りたくなった。

「街の人たちというのはどういう意味だ？　君は一体……」

尋ねようとすると、遮るように前方から声が響く。

「シンシア！　ここにいたのか。ワシから離れるなとあれほど言っただろう」

それは中央教会の大神官・ヨハルだった。

シンシアと呼ばれた少女は手を上げてヨハルのもとに走って行く。先程街の人たちと言っていたので彼女もまた教会の人間なのだろう。

「もう間もなく皇帝陛下との謁見だ。頼むから勝手に一人でどこかへ行かないでくれ」

「迷ってしまっただけなので分かってます。――ヨハル様、ちょっと待って」

シンシアはくるりとこちらに向き直ると、再度不恰好な礼をイザークにする。それからにっこりと微笑むとヨハルと並んで歩いて行った。

その笑顔はイザークの目に焼き付いたと同時に初めての感情を抱かせた。胸の辺りがむず痒く、キュッと締め付けられたような感覚がする。けれど決して不快なものではない。

イザークは胸の辺りの服を手で押さえると、少女の後ろ姿をじっと眺めていた。


当時の思い出に浸っていたイザークは、頭巾を指先で撫でる。あれ以来、自分も精霊魔法を使えるようになりたいと必死でティルナ語の習得に励んだ。同じように身につけることができればシンシアに近づけるような気がしたからだ。

戴冠式で再会できた時は心が歓喜で満たされた。すぐにでも話しかけたかったが立場上、軽率な行動はできずもどかしかった。

シンシアを見ていると、どうしても頬が緩みそうになる。だから彼女が挨拶をしに来た時、いつも以上に表情を引きしめて対応した。しかしそのせいで彼女を若干怖がらせてしまい、避けられているので事情をきちんと説明したい。

イザークが苦悶に満ちた表情をしていると、カヴァスがにやつきながら言った。

「恋しいからって頭巾に頬を擦り付けたり、匂いを嗅いだりしないでくれよ」

「俺を一体何だと思っている。そんな変態染みた行為、するわけないだろう」

熱心に撫でていることをカヴァスがからかってきたので眉間に皺を寄せる。

皇帝という立場になって気が置けない人間はキーリとカヴァス、二人の幼馴染みしかいない。渋面になるイザークだったが悪い気はしなかった。

「ここで頭打ちというわけではないさ。まだいくつか手段は残してある。引き続き全力で捜索にあたります」

カヴァスが自信ありげに答えてくれるのでイザークはまだ望みはありそうだと少し気を緩めた。それから頭巾と瓶底眼鏡を一旦机の端に置くと、先程まで読んでいたキーリの報告書をカヴァスにも見てもらうことにした。

「折り入って頼みたいことがもう一つある。中央教会で信頼できる人間はいないか？」

イザークはカヴァスに魔瘴核のことについて話をした。ヨハルを信用したいが今の状況だと清廉潔白だという証明は困難だ。

話を聞きながら報告書を読み終えたカヴァスが顔を上げる。

「魔力酔い止めの薬の話は聞いているけど、そんなことになっていたんだね。すぐに調べて手配しよう。――というわけで早速アマンダに会いに行ってくるから私は失礼するよ」

「前に会っていたドナとクレアはどうなったんだ？　あとこの間言っていたコニーは？」

今挙げた名前の女性はすべて神官や修道女だ。カヴァスの性的嗜好を知りたいとも思わないが、怖いもの知らずにもほどがある。

「おおっと、何のことやら。私は単純に彼女たちの話を聞く代わりに頼みごとをしているだけだよ」

困った表情を浮かべるカヴァスは誤解だと両手を上げる。何度も二人きりで会っているのに他意はないなんて無理がある。絶対に相手の方はその気になっているだろう。

しかも神官や修道女ともなれば彼女らが所属するアルボス教会の鉄の掟に背くことにはならないのだろうか。

(いつか彼女らに手を出して天罰が下らなければいいが)

イザークは女たらしの幼馴染みの身を案じた。

報告を終えたカヴァスに別れを告げるとイザークは執務室から自室に戻る。

一通りの仕事を終え、肩に手を置いて首を鳴らしているとピュウピュウという寝息がベッドから聞こえてきた。

足音を立てないよう慎重にベッドに近づいて覗き込むと、ブランケットの上でくるんと丸まって眠るユフェがいる。夢でも見ているのか時折耳がぴくぴくと動いていた。

イザークは口元を手で覆い、天井を仰ぎ見ると悶絶した。

嗚呼、可愛い。目に入れても痛くないほどに愛おしい。この寝姿をしかと目に焼き付けておかなければ。

ひしひしと幸せを噛みしめ、再び愛猫に視線をやった。その途端、イザークは目を見張った。

そこにいるのは愛猫ではなかった。

代わりに恐ろしいほど顔の整った少女が身体を丸めて眠っている。長い睫毛で閉ざされて瞳の色は分からないが金色の髪と、何よりも紺色の祭服を着ている。

間違いなく、自分の捜し求める相手だった。

「――シン、シア？」

震える唇から掠れた声で囁く。

信じられない。これは幻なのだろうか。

そう思ってイザークがそっとシンシアの頬を撫でてみると柔らかな感触がする。

（何が、どうなっているんだ？）

イザークは興奮を抑えながら目を擦り、再び同じ場所に目を向けてみる。と、そこに眠るのはシンシアではなく愛猫のユフェだった。

しかしイザークの胸は早鐘を打つ。

実のところキーリから不思議な話を聞いていた。それはロッテが服用していた薬瓶を回収して調べたところ、中身が魔瘴核ではなく清浄核に変わっていたということだ。ロッテの件を知っている者の中で魔瘴核を清浄核にできる者はいない。

心臓の鼓動はさらに速さを増していく。

ユフェはイザークが唯一猫アレルギーを発症しない猫だ。もしも、猫アレルギーが発症しない理由が、呪いで猫にされた人間だからだったら？

「――まさかな」

そこまで想像を巡らせて、自嘲気味に笑った。

きっと自分は疲れている。疲れているから、こんな都合の良い幻覚を見る。

（ユフェは妖精猫だ。呪われた人間じゃない。ここに来て暫く正体を明かさなかったし、もし魔障核を清浄核に変えたのだとしても、言えない理由があるのだろう）

肩を竦めてから幸せそうに眠る愛猫の頭を指の腹で撫でる。

最後にそっと額に口づけをすると部屋の灯りを暗くした。

第五章　希望と絶望

ユフェが妖精猫であるということは雷帝であるイザークと側近であるキーリとカヴァス、そしてロッテの四人のみに知られている。

シンシアはこれまでと変わらない猫生活を送っていた。

(実際のところ、私はただの呪われた聖女なんだけどね)

処刑を回避したいがために妖精猫説を否定しなかった。自らが吐いた嘘ではないが、欺していることに変わりはないので良心がチクチクと痛む。

懺悔の気持ちも込めてソファの上で祈りを捧げていると遠くから足音が聞こえてくる。

程なくして扉が開きそこに現れたのは、飼い主であるイザークと分厚い蔵書を抱えたキーリだった。

「ただいまユフェ。今回は予定より一時間も早く休憩に入ることができた」

『イザーク様、お帰りなさい。二時間前に朝食を済ませて仕事に向かわれたばかりなのに。

……いえ、貴重なお時間を作っていただきありがとうございます』

シンシアは内心苦々しい気持ちになったが顔色一つ変えずに礼を言う。

ユフェと話せると分かってからイザークの猫愛がさらに重くなった。仕事の処理速度が以前より加速し、一緒に過ごす時間が増えたのだ。

臣下たちはイザークの仕事が早く終わることで自分たちの休む時間も比例して増えたので手放しで喜んだ。シンシアとしては宮殿を探索する自由時間が減ってしまったので頭を抱えることになってしまったが。

項垂れていると目の前に一輪の花が差し出される。

「可愛い俺のユフェに」

『いつも素敵なお花をプレゼントしてくれて、ありがとうございます』

一日の一回目の休憩で、イザークは必ず一輪の花を持ってここに戻ってくる。花は充分愛でた後、窓際の花瓶に生けられる。最初は一輪だけだった花瓶も今では豪華な花束が作れるくらいになった。凛と佇む花々はイザークの愛情深さを象徴しているようだ。

それを目にするとシンシアは胸の奥がキュッと苦しくなる。

最近、花を見る度に甘くも苦しい気持ちで胸がいっぱいになる。この感覚に陥るのはほんの一瞬だが、それが消えても暫くはイザークのことばかり考えてしまう。

これは一種の罪悪感の類いだろうか。

シンシアは内心首を傾げながらプレゼントされた花を眺めた。

今日は白色のアイリスだ。鼻を近づけるとほんのりと瑞々しく良い香りがする。

（確かこの花って『あなたを大切にします』っていう花言葉があったような……）

花言葉から意図が分かった途端、また胸が締め付けられる。

（ま、まあアイリスなんて今が見頃だから、きっと他意はないはずよ）

気を取り直してイザークを一瞥すると心なしかいつもより極悪非道な顔つきが和らいでいるような気がする。別の意味で顔面凶器さを発揮させているのでシンシアはさっと目を逸らした。

一頻りアイリスを愛でた後、窓際の花瓶にアイリスを挿したイザークがシンシアの隣に腰を下ろす。膝を軽く叩いて乗るよう合図されたのでシンシアは素直に従った。

顔を上げればイザークの人差し指にピンクの鼻を軽くつつかれる。次に手のひら全体で全身を優しく撫でられ、その後は肉球をぷにぷにと揉まれてマッサージされる——最近の日課だ。

最初は恐れ多くて気後れしたが彼の心を癒やすことを考えた結果、もふもふさせるのが一番だという結論に至った。

（ううっ……それにしたってこの魔性の手から逃れられる猫なんて絶対にいない。嗚呼、天国……天国はここですか？）

あまりにも気持ちが良くてゴロゴロと喉が鳴っていることにシンシアは気づいていない。リラックスしていつの間にか身体は液体化していた。

そんな愛猫の様子にイザークは肉球を揉みながら愛おしげな視線を送る。

「ユフェ、気持ち良いか？　力加減に問題はないか？」

『大丈夫です。丁度良いです』

尻尾と一緒に返事をすると、イザークが甘い溜め息を漏らす。

「はあ、どうしてユフェはこんなに可愛いんだ。ユフェはこの世で一番尊い。嗚呼、もっとでろんでろんに甘やかしたくなる。――キーリ、例の物を」

キーリは小脇に抱えていた蔵書をテーブルの上に置いた。聖書と同じくらい分厚い一冊のタイトルには――愛猫用品カタログと題されていた。キーリが大切そうに抱いて持っていたので政治的に重要な資料かと思っていたが見当違いだった。

タイトルが目に留まったシンシアは驚いて液体化していた身体を起こした。

「さて。そろそろ新しい猫グッズを注文するとしよう」

『えっ⁉　この部屋にはたくさん猫グッズがありますし、一週間前に最高級品のブラシを買って頂いたばかりですよ⁉』

「それもそうか。では職人に頼んでいくつか首につける宝飾品を作らせよう。宝石は何が良い？」

『結構です。充分良くして頂いてますし、私は森の宴がとっても気に入っているので、これをずっとつけていたいです‼』

猫馬鹿を炸裂させるイザークをシンシアはやんわりと窘める。妃に贈るはずの森の宴ですら猫に与えてしまっているのだからこれ以上高価なものを贈られても困る。

それでも食い下がるイザークを必死で説得していると、こめかみを押さえながらキーリが横やりを入れた。

「いい加減にしてください陛下。ユフェ様の仰る通りです。このところ僕の屋敷に荷物が届くと思ったら全部あなたが僕名義で注文した猫グッズばかりなんですよ！　あと僕名義で猫用カタログも取り寄せないでください」

注意されたイザークは不服そうに口を尖らせた。

「キーリはいつから舅になった？　これくらい許せ。仕事と私生活の切り替えは重要だぞ。たまには机の引き出しに溜まっている個人的な手紙に返事を書いたらどうだ？　最近俺にまで返事が来ないと嘆く手紙が届いて困っている」

「もちろん時間ができたらきちんと返事する予定ですよ。僕の私生活への口出しは無用です。話を戻しますが個人的なお金にせよ、最近浪費が酷いですよ！」

キーリの言うとおり、部屋には猫用グッズが一段と増えた。シンシアがおもちゃで遊ぶことはないので代わりに運動できるように棚やタワーを設置したり、家具を増やしたりしている。結果的に部屋のスペースはなくなり始めている。

「心配しなくても自分の決めた金額内で収めている」

「いいえ、どう見たって財布の紐はガバガバです。大体、あなたは昔から――」

二人の間に口論が勃発する。

(金銭感覚の違いで口論する夫婦みたいだわ)

シンシアは微苦笑を浮かべた。

イザークの主張から国庫のお金には手をつけていないので良いのかもしれないが、もっと有用なものに使って欲しい。

「二人とも痴話喧嘩はその辺にして。そろそろ時間だよ」

すると突然、第三者の声が割って入った。

入り口に目をやればカヴァスが腕を組んで立っている。相変わらずきらきらしい雰囲気を纏っていて、いけ好かない感じがした。

(そう言えば、側近騎士っていうけど、カヴァス様はちっともイザーク様の側にいないわ)

常に行動を共にしているキーリと違って、宮殿内での彼はよく女性陣と話している印象を受ける。護衛も仕事のうちの一つであるはずなのに、それで良いのだろうか。

(まあ、雷帝に面と向かって襲いかかる大胆不敵な人なんていないわね。有事の時でもなければ、カヴァス様が側で仕える必要はないのかもしれない)

カヴァスはキーリの肩に手を置いて、もう片方の手の人差し指を立てるとキーリに忠告をする。

「君が生真面目なのは分かっているけど、それで我を忘れるのは良くないよ。時計を見てみると良い。陛下と中央教会のヨハル殿の約束が迫ってる」

正論を言われて言い返せないでいるキーリは口を引き結ぶとポケットから懐中時計を取り出して時間を確認する。

（ヨハル様が宮殿に来ているの？）

シンシアはカヴァスの話を聞いた途端、期待で胸が高鳴った。

ヨハルならば額の痣に気づいて解呪してくれる。さらに今の自分は人間と話すことも可能なのでスムーズに事情を話すことができる。会って話すタイミングさえあればこの状況から上手く脱することができるかもしれない。

思いがけない幸運に恵まれて自然と猫髭が前に動き、尻尾もピンと上に立つ。

嬉々としていると、イザークがテーブルに置いていたベルを鳴らしてロッテを呼んだ。

「お呼びでしょうか？」

イザークは膝の上に乗せていたシンシアを抱き上げるとロッテに渡した。

「今日は今朝の続きの仕事もあって帰りが遅くなる。俺の代わりに夕食を頼む」

「お任せください。栄養のある食事を用意します」

イザークは頷いて最後にシンシアの頭を優しく撫でる。

『お仕事頑張ってくださいね』

心躍る素振りを見せないよう、シンシアは平静を装ってイザークたちを見送った。

しかし三人を見送った後、幾ばくもなく息を切らしたイザークが戻ってきた。

「ロッテ、言い忘れていたがユフェをお風呂に入れてくれ。棚にある猫用高級入浴剤を使って構わない」

そう言ってイザークは壁際にある棚に指をさす。

「実は私もそろそろそんな時期だと思っていました。ご準備いただきありがとうございます」

「抜かりない。因みに今シーズン発売したばかりの新作だ」

新作という単語にロッテは目を輝かせ、俄然やる気を出す。棚の扉を開けてみると、そこには乙女心くすぐる可愛らしいパッケージの入浴剤が置かれていた。

シンシアは心の中で頭を抱えると延々と叫んだ。

(なんでそうなるのよ!? 自動浄化作用があるからお風呂に入る必要はないし。あと、こんな可愛い入浴剤を持ってるイザーク様とか落差がありすぎる!!)

もうどこからツッコミを入れれば良いのか分からない。

シンシアが混乱を極めているとロッテが入浴剤を手に取った。

「陛下のお心遣いには感謝いたします。さあユフェ様、お風呂で綺麗になりましょうね」

満面の笑みを浮かべるロッテに対し、シンシアはこれから待ち受ける苦難を想像して総毛立つのだった。

「お湯を張ってくるのでソファの上で寛いでいてね」

再度イザークを見送った後、ロッテは入浴剤と一緒にお風呂場へと向かっていった。

もちろんシンシアは大人しくソファの上で待機するつもりはない。

（逃げるが勝ちよ）

ぴょんっとソファから飛び降りると素早く外へと駆け出した。聖職者との謁見室の場所は以前探索した時に突き止めている。

（あとは誰にも邪魔されずに謁見室へ辿り着くこと。それなら、中庭を通るのが一番だわ）

中庭は猫のユフェの背よりも少し高い低木が植栽されている。隠れながら移動するにはもってこいだ。早速シンシアは中庭を通行した。

時折、使用人たちの話し声が聞こえてくるので植物に紛れてやり過ごす。何度かそれを繰り返した後、遂に謁見室のある廊下に足を踏み入れた。

入り口近くに飾られている鎧の陰に隠れると、辺りの様子を窺った。丁度、謁見室の重厚な扉が音を立てて開き、中からはルーカスが一人で出てきた。神官が着る祭服ではなく、護衛騎士の任務の時に着る騎士服姿で、腰には剣をさしている。

（ヨハル様のお供で来ているんだわ）

彼は謁見室に向かって深く一礼をする。一旦（いったん）どこか別の部屋で待機するようだ。再び顔を上げるルーカスはシンシアがいる反対側へと向かって歩き始めた。

（あっ、待って！）

シンシアは慌（あわ）ててルーカスを追いかけた。

『ルーカス！』

名前を呼ぶと、ルーカスは立ち止まってこちらを振（ふ）り返った。寄せ木細工の廊下には彼とシンシア以外誰もいない。

ルーカスは空耳かな？　といった様子で首を傾（かし）げるものの、すぐにシンシアを見て額の痣に気がついてくれた。

こちらに近寄ってくると話しやすいようにしゃがんでくれる。

「おや、呪（のろ）いで猫に変えられてしまったのですね。この間の討伐（とうばつ）部隊の方でしょうか？早く要請（ようせい）を出してくだされば解呪したんですけど……」

『討伐部隊へ派遣（はけん）はされたけど騎士じゃないわ。私だって一刻も早く解呪してもらいたかったんだけど、イザーク様に捕（つか）まってできなかったの』

しゅんと耳を垂らして事情を説明するとルーカスが吃驚（きっきょう）した。

「猫が喋（しゃべ）った!?」

ルーカスは跳び上がると数歩後ろへと下がり、すぐに剣を構える姿勢になった。

「あなたは一体何者です？　呪いを掛けられた人間は姿を別の生き物に変えられるだけでなく、人間の言葉も話せなくなります。魔物の核が額にはありませんが、新種の魔物の可能性も否定できません」

『まっ、待って！　魔物じゃなくて私はシンシアよ』

「シンシア？」

ルーカスは驚いてはいるが警戒心を露わにしたままだ。言葉が話せるようになったことについてはシンシアも究明できていないので説明のしようがない。今はただ、事実を話すことしかできなかった。

『驚くのも無理ないわ。私も何がどうなってるのか分からない。つい最近人間の言葉が話せるようになったの。でも私の額にはこの通り呪いの痣はあるし、もし新種の魔物だとしてもこんなところにいるわけないでしょう？　だってここは皇帝陛下がいらっしゃる宮殿なんだから』

ルーカスは黙って考え込んだ。暫くすると腑に落ちないといった様子ではあったが、剣の柄から手を離して攻撃の態勢を解いてくれた。

一先ず魔物ではないと判断してもらえたのでシンシアはほっとした。

『証拠になるか分からないけど私しか知らないルーカスの話をした方が信憑性も増すか

な？　幼少期に山で足を滑らせてあなたが捻挫した話とか。あっ、それよりも数年前にルーカスが羊皮紙に書いていた詩を一言一句間違えずに今ここで披露し……むぐっ』

話の途中でルーカスの手に口を塞がれる。

「分かりました。あなたは間違いなく私の幼馴染みのシンシアです。認めるので私の思い出したくない黒い過去を晒さないでください」

良いですね？　と、念押しされたので頷くとルーカスの大きな手が口元から離れた。

シンシアはずっと気がかりで仕方がなかった教会の状況を尋ねた。

ルーカスは眉尻を下げて口を開く。

「シンシアが失踪してヨハル様もリアンも、それから修道院の皆も心配しています。聖女が失踪したなんて世間に知られれば混乱が起きるので、関係者以外は秘密になっています」

予想通り皆に心配されていると知って申し訳ない気持ちでいっぱいになる。

シンシアはどうしてすぐに教会へ帰れなかったのか、戴冠式やその後の宴の時にあったイザークとの経緯も含めてルーカスに詳しく説明した。それから縋るようにルーカスの腕に前足を置く。

『ルーカスお願い。皆を安心させるためにも私を教会へ連れて帰って。そして解呪して』

イザークは猫にとても甘く、そして国民想いだ。さらにロッテの件で分かったが誰彼構わず処刑するような噂の雷帝ではない。恐らく自分のこともあまり怒ってはいないはずだ。

寛大で懐が深い人であることをここに来てから身を以て知った。人間に戻り改めて礼を欠いたことを謝罪すれば許してくれるだろう。

だから自分の不安は杞憂に終わりいずれ解消されるはずだと思っていると、ルーカスが躊躇いがちに口を開いた。

「それは難しいです。先程謁見室で少しだけ陛下にお目に掛かりましたが、相当あなたに対してお怒りのようでしたよ。開口一番にシンシアの行方についてヨハル様に話をされていて、瞳は瞋恚の炎で燃えているようでした」

「そ、そんなっ!?」

どうやらイザークの中からシンシアの処刑願望は消えていなかったらしい。

不意に戴冠式の時の殺意の籠もった視線を向けるイザークが頭を過った。

恐ろしい光景を思い出したシンシアは油断大敵だと震え上がる。

イザークは一度懐に入れた相手には情が深い。その一方で、一度敵だと見なした相手には容赦がないようだ。

浅慮な考えだったと気が遠くなっているとルーカスが大丈夫だと言いながら恐怖を取り除くように頭を撫でてくれた。

「安心してください。今日ヨハル様が呼ばれたのは魔物討伐の件です。ベドウィル家を含む貴族たちはヨハル様の結界が不充分だったと激しく非難し、罷免するべきだと声を上げています」

ルーカスは一瞬悲痛な表情を浮かべた。

実家が慕っているヨハルを非難しているのだから無理もない。ルーカスからは複雑な感情が読み取れた。

「皇帝陛下と何のお話をされているのか私には分かりませんがきっとヨハル様の今後についてだと推測します。最近は謎の瘴気事件も頻発しているので心穏やかではいられません」

瘴気事件はシンシアも討伐部隊へ派遣される前に耳にしていた。ネメトン付近の森で原因不明の瘴気が多発しているという内容だ。

今のところ人的被害は出ていないが、それも時間の問題であるように思う。

浄化の力が使えるのは聖女であるシンシアのみ。このまま発生が続き、周辺集落に累が及べばいよいよ領主が教会の扉を叩く。その時、聖女の自分がいないと分かればヨハルの立場がさらに悪化してしまうだろう。

『それなら早く元の姿に戻っておく必要があるわね。聖女がいないってバレたらそれこそ大事だし。いつでも浄化の要請に対応できるようにしておかないと』

「現状、瘴気が滞留することはなく、時間が経てば消えるので安心してください。……ヨハル様も心配ですが私はあなたも心配です。陛下の怒りを買っている上、欺して愛猫になっているんですから」

意図的に欺したつもりはない。いろいろなことが重なって結果的に彼を欺したことになっているだけだ。シンシアは反論したかったがルーカスが心から心配しているのが分かったので何も言えなかった。

「陛下の機嫌が直るまで、シンシアが人間に戻ることは得策ではありません。大事な幼馴染みが処刑だなんて考えただけで胸が張り裂けそうになりますよ」

『でも……』

できることなら今すぐ教会に帰って人間に戻りたい。シンシャとして派遣された時、ヨハルから結界の調査も頼まれたのにできなかった。自分が失踪扱いとなり、結界の調査が滞っているのであれば再び問題が起きるかもしれない。

(猫のままでいるのはもどかしいし、ヨハル様や結界、原因不明の瘴気のことも心配だわ。なんとか理由をつけてルーカスを説得しないと)

頼み込もうと口を開き掛けると無情にも近衛騎士がルーカスを呼んだ。

ルーカスは「折を見て必ずあなたを助けます」と小声で言い残すと騎士のもとへと駆けより、談笑しながらそのまま歩いて行ってしまった。

残されたシンシアは俯き、尻尾をだらりと垂らした。状況が状況なだけに仕方がないが、期待していた分、落ち込みは激しい。

一人で悲嘆していると後ろから声を掛けられる。

「んもう、ユフェ様ったらこんなところにいたのね」

後ろを振り向くと、腰に手を当てたロッテが仁王立ちしている。

『ロッテ……』

「勝手にいなくなっちゃ駄目よ。動物さんたちに訊いて回って、やっと居場所を突き止めたのよ」

ロッテは優しくシンシアを抱き上げるとぽんぽんと背中を叩いてくれる。

「なんだか元気がないみたい。どうかしたの？」

『ううん、何でもないわ』

シンシアは尻尾を揺らすとロッテの腕に身を預けた。

その後、歩き始めたロッテが他愛もない話をしてくれるがシンシアはずっと上の空だった。ぼうっとしていると辺りはしっとりとした空気を含み、湯気が漂ってくる。

妙に湿っぽい。一体、どこを歩いているのだろう。

シンシアが意識を現実に引き戻していると、ロッテが明るい声色でこう言った。

「さて着いたわ。準備も整っているから早速綺麗に洗っていくわね」

綺麗に洗う。今から洗濯でもするのだろうか。そんな呑気な考えが頭に過った途端、たちまち自身の置かれた状況を思い出す。

――すっかり忘れていた。

思い悩みすぎてお風呂の存在が頭からすっぽりと抜け落ちていた。慌てて扉を確認するがきっちり閉められている。

完全に詰んだ。万事休すだ。

諦めの声が頭の中で延々と響くが、それでもシンシアは抵抗をみせた。

『お風呂に入らなくても私なら平気！　いつも清潔だから問題無しよ！』

「嫌がらないで。たまには石けんで身体を洗わないと。病気になったら大変よ」

暴れていると有無を言わせないロッテにバスタブへ浸けられる。水面にはもこもことした泡が立ち、バラの香りが鼻孔をくすぐる。

バラの香りにはリラックス効果があるはずなのにちっとも効果を発揮しない。

泡のせいで却ってお湯の嵩が分からないシンシアは完全にパニックに陥っていた。

（ひいぃっ。怖い怖い怖い!!　も、もももう無理。た、堪えられない……）

今にも気絶しそうになっていると横ではロッテが海綿を使って石けんを泡立てている。

きめ細かい泡が立ったところでロッテが顔を上げた。

「それじゃあ背中から洗っていくから——って、誰!?　ユフェ様はどこ!?」

悲鳴を上げるロッテは手にしている石けんを床に落とす。

シンシアはきょとんと首を傾げた。

（ロッテはどうして狼狽えているの？　ユフェは私で、私は猫なのに……）

ふと、いつもより視線が高く感じる。心なしかロッテが小さくなったような気がする。

「……えっ？」

異変に気づいて視線を下に向けると、ボロボロの紺色のスカートから伸びた人間の脚が目に映る。手を見れば体毛が一本もない白い陶器のような滑らかな人の手――元の人間に戻っている。

声を失って茫然自失になっていたシンシアは状況を呑み込むと我に返って叫んだ。

「私、人間に戻ったの⁉」

人間の言葉が話せるようになったばかりか、まさか解呪なしで元の姿に戻れてしまった。やはりあのネズミみたいな魔物は残りの魔力を充分に発揮できず、中途半端に呪いを掛けてしまったらしい。喜びを噛みしめるシンシアは開いていた手をぎゅっと握りしめた。

混乱しているロッテは口を半開きにしてこちらを凝視している。ただ、顔にはしっかりとあなたは誰？　という疑問文が書かれていた。

「欺していてごめんなさい。私は猫でも妖精猫でもないの。もともとは人間で、中央教会の人間。魔物に呪いを掛けられて猫にされていたの」

バスタブから出て腰を折るシンシアはこれまでの経緯を包み隠さずに話した。

静かに話を聞いていたロッテは漸く納得した様子だった。手にしていた海綿を棚に置き、盥で泡だらけの手を洗うとエプロンで拭い始める。

「つまりあなたは聖女様で、人手不足で神官と偽って魔物の討伐部隊に参加していたけど、魔物に襲われて倒せた代わりに呪いで猫にされてしまった、ということなの？」

「ええ、そうよ」

シンシアは深く頷いた。

「呪いが中途半端に掛かっていたから人間の言葉が喋れるようになったけど、戴冠式で陛下に粗相をして、反感を買われているから素直に真実を口にできなかった、と」

「そうなの。欺す形になって本当にごめ……」

「だとしても、私には真実を教えて欲しかったわ！」

ロッテに詰め寄られて一喝されたシンシアは目を見開いた。

「あなたにとって私はただの世話係かもしれない。でも私は陛下の猫じゃなくて、大切な友達だと思ってた」

ロッテは怒りながらもシンシアの手を取って優しく握りしめてくれる。

「あなたは何度も私を助けてくれたでしょ？　世話を充分しなかったり、無視したりして酷いことをたくさんしたのに、手を差し伸べてくれた。だから今度は私が助ける番なの」

同性で同年代の友達が一人もいないシンシアにとって『友達』という言葉の響きはふわふわしていてどこかむず痒い。それだけでなく宮殿内に味方ができたことは心強かった。

シンシアが心を込めて礼を言うと、ロッテは今後のことをどうするべきか提案する。

「一先ず、ユフェ様がシンシア様だったってことが一番バレてはいけないことよね？」

「私のことはシンシアって呼んで。友達に『様』は変でしょう？」

目を眇めてみせれば、ロッテは口元に手を置いてくすりと笑う。

「それもそうね。じゃあシンシア、優先すべき点は合っているかしら？」

「ええ、合ってるわ。だけど今の私は聖女のシンシアに戻ってしまっているし、猫に戻ることはできないからユフェの部屋には帰れない。でもユフェがいないってイザーク様が分かったら心配すると思うの」

　顔を真っ青にして狼狽えるとロッテが真顔になった。

「イザーク様は私の欺瞞罪を見逃してくださった。きっとシンシアのことも謝罪すれば許してくださると思うわ」

　シンシアは目を閉じるとゆっくり首を横に振った。

「ユフェとして一緒にいて分かったんだけど、イザーク様は一度懐に入れた人間にはとことん甘くて優しい。だけど一度敵と見なした人間にはとことん残忍で容赦がない。……私、シンシアの時は目が合う度に殺意の籠もった視線を向けられてたの。だからもし私がユフェだってバレたら、弓矢の的になって殺されるどころか三日間食事抜きにされて目の前で豪華な食事を見せつけられた挙げ句、最後は手足を切り落とされて馬で王都を引きずり回されるの」

「食事抜きの地味な嫌がらせから一気に残酷に!! うーん、イザーク様はそんな方じゃないと思うけど。……シンシアがそこまで言うなら隠しておきましょう。でもこれからどうするの?」

「可能ならこっそり教会へ帰りたいわ。修道院の皆が心配しているから。……だけど」

シンシアは眉根を寄せて俯いた。いざ帰るとなると心のどこかで行動に移すのを躊躇っている自分がいる。

このままイザークに何も告げずに戻ってしまって良いのだろうか。猫としてではあるが彼は一心に好意を向けてくれた相手だ。いつも優しくて、時には守ってくれもした。

(猫だと欺したまま、何も言わないで出ていくのは違う気がするわ)

浮かない顔をしているとロッテが優しく声を掛けてくれる。

「一先ず、ユフェ様は侍女生活に興味があるから暫く私の部屋で過ごすと陛下には報告するわね。陛下はユフェ様には甘いし、我が儘言っても聞いてもらえるわ。それにここは女性使用人の宿舎だから比較的安全よ」

女性使用人の宿舎は男子禁制となっている。皇帝のイザークといえど後宮ではないのに貴族の令嬢が暮らす宿舎に何の前触れもなく訪れることは醜聞に繋がりかねない。つまり、ロッテの部屋で過ごしてもイザークが突然乗り込んでくるようなことはないのだ。

「ユフェ様はそれで良いとして問題はその間、シンシアがどうするかね。実を言うと使用人出入り口を通るには許可証が必要なの」

ロッテによると許可証には特殊な魔法が掛けられているらしい。持ち主でない者が外へ出ようとすると警告音が許可証から鳴り、出入り口を無理に通れば弾き飛ばされてしまう。よって迂闊に外へは出られない。

ロッテは思案顔になって暫く黙り込んだ。やがて何か閃いたのかぱっと顔を上げる。

「そうだわ！　暫く侍女として宮殿に紛れ込めば良いのよ。そうすれば許可証が発行されるし休暇ももらえるから大手を振って外に出られる。ここにだって合法でいられるわよ」

ロッテの提案にシンシアはそれだ！　と目を輝かせた。

「丁度、この間の朝礼で侍女長が話していたんだけど――」

今後どう動くべきか、ロッテが詳らかに説明してくれる。説明を受けるシンシアは話を聞いているうちにそれが最良の方法だと理解した。

「分かったわ。その方法に賭けてみましょう」

「じゃあ、今後どうするかはこれで決まりね！　あとは――まずその恰好をどうにかしないと」

「えっ？」

首を傾げると、ロッテが姿見を指さした。

姿見に近づいて覗き込むと祭服の袖やスカートは所々が裂けていて、中には太もも辺りにまで達するものもあった。

確かにこの状態は、はしたない。そして宮殿内で祭服は非常に目立つだろう。

「まずは着替えないと駄目みたいね。悪いけどロッテの服を貸してくれる？」

シンシアがボロボロの祭服を脱ぎながら頼むと後ろでちゃぷんという音がした。

――嫌な予感がする。

姿見越しに後ろを確認すると、お湯の入った洗面器を抱えるロッテがにっこりと笑って待ち構えていた。

人払いをしてヨハルとの話し合いを終えたイザークは、一人だけ謁見室に残っていた。聖職者専用の謁見室は教会さながらの美しいステンドグラスのランセット窓や、精霊女王の絵画が飾られている。腕を組んでじっと眺めていると、外に控えていたキーリとカヴァスが中に入ってきた。

「お疲れ様。ヨハル殿に不審な点はあったかい？」

室内に人払いの魔法を掛けるカヴァスに尋ねられたイザークは口を開いた。

「ヨハル殿と瘴気発生事件について話をしたが、話す内容は帝国騎士団と同じだった。おかしな点は見当たらない」

イザークはヨハルが口を滑らすよう誘導操作を試みたが、手応えはまったくなかった。

「強いて言うなら、謎の瘴気はネメトンと集落に近い森の間で頻発していることが分かったくらいだな。運良く、発生した瘴気を辿れた神官がいた。だが、あと一歩のところで消えてしまったそうだ」

「ネメトンと集落に近い森の間ですか」

キーリは何か引っかかる点があるのかじっと考え込んで反芻する。

「何か気になることがあるのか？」

「いえ、なんでもありません。続けてください」

キーリがはぐらかす時は大抵確証が持てない時だ。追及したところで口を噤むだけなのでイザークは話を続けた。

「薬棚の魔瘴核の欠片についてだが……ヨハル殿に教会で保管している魔瘴核の数を確認してもらった。紛失は一つもなかったと言われた」

「それだと薬棚にあった魔瘴核との辻褄が合いませんね。本当にそう仰ったのですか？」

次の話題もしっかりと聞いていたキーリは訝しそうに尋ねた。

するとカヴァスが小さく手を挙げる。

「それについては私の方からも神官のアマンダに確認してもらったけど同じだった。正式な証書まで送ってくれたから信じて良い」

カヴァスは懐から証書を取り出して二人に見せる。証書には真実しか書き記すことができない特別な魔法が掛かっているので嘘を吐くことはできない。

「騒動があってから初めてヨハル殿と対面で話したが、終始誠実な態度でやましい人間には見えなかった。この証書のお陰で確証が持てそうだ」

イザークが愁眉を開くと、カヴァスが話を切り出した。

「実は、魔瘴核が紛失したという報告はヨハル殿が大神官になってからは一度もないみたいなんだ。それがあったのはヨハル殿が大神官になる前のことだよ」

イザークとキーリが互いに顔を見合わせていると、カヴァスはことの顚末を話し始めた。

それは二十年前まで遡る。中央教会では蠟燭の不始末による火災が発生した。集会室や大神官の書斎が燃えてしまっただけでなく、地下にある禁書館や保管庫の一部までもが被害に遭った。

火は数時間後に消し止められ、神官たちが手分けして禁書館の書物と保管庫の聖物を聖堂内に運んで被害を確認することになった。神官が聖物の数を数えていると魔瘴核が一つ消えていた。その原因が火事による消失なのか、それとも誰かによる窃盗なのかは分からない。

神官は当時の大神官に報告し調査を依頼した。しかし、責任の所在を恐れた大神官は取り合ってくれなかった。さらにその神官は真実を語る前に王都のハルストンから遠い田舎の教会へ異動させられた。

何故それが分かったかというと、過去の帳簿の隙間にメモが挟まっていたらしい。

「その神官は今どこに？」

イザークが尋ねるとカヴァスは小さく首を横に振って息を吐く。

「残念ながらメモを残してくれた神官は高齢者だったから尋ねようにも、今は棺の中で永遠の眠りについてしまっているよ」

今度はキーリが口を開く。

「二十年前だと、ヨハル殿は神官の予言者で王都の隣、水の都にあるウィスカ教会に赴任していたと思います。彼は火事のことについては何も知らないでしょう」

漸く見つけた手がかりなのにまた話が行き詰まってしまった。

イザークが額に手を当てて途方に暮れていると、カヴァスが人差し指を立てる。

「私が思うに、当時のことは当時そこにいた人に訊いてみるのが一番だ」

「そうだが、ヨハル殿も知らないとなればあとは誰に話を聞けば良い？」

「込み入った話というのは情理を尽くさないと」

カヴァスが後ろに視線を送るのでつられてイザークも振り向く。室内はキーリとカヴァスの二人だけだと思っていたのに、気づけば見目麗しい修道女が椅子に腰掛けていた。

気高さと品のある雰囲気からただの修道女ではないとイザークは察した。

早速カヴァスが修道女を連れてきて紹介を始める。

「こちらは歴代聖女の世話人であり、薬師でもあるリアンだ」

リアンは完璧な作法でイザークに一礼する。

「お初にお目にかかります。リアンでございます」

リアンはおもむろに頭巾の紐を解く。頭からするりと頭巾が滑り落ちると、まとめられた金色の髪と――尖った耳が露わになる。

それを目にしたイザークはふと、ある噂を思い出した。

『フォーレ公爵家は精霊と人間の間に生まれた子を密かに保護している』

精霊と人間の間に生まれた子は薬草の知識に長け、生まれてすぐ息をするように植物を操ることができた。フォーレ公爵家がランドゴル伯爵家と違って力を維持できているのはその子のお陰だと小耳に挟んだことがある。

きっとそれがリアンなのだろう。シンシア以上に人間離れした美貌は神々しい。一国の女王といっても差し支えないほどの貫禄もあった。

リアンは静かに口を開いた。

「私は本来皇族との接触などあってはならない身であり、存在を世間に知られてはいけません。それは教会内でも同じ。二十年に一度、教会の皆から私に関する記憶は忘却薬を使って書き換えています」

伏し目がちに事情を話すリアンは自分が掟を破っていることに後ろめたさを感じているのか、どこか気まずそうだ。

イザークは安心させるように厳めしい顔つきを和らげた。

「心配するな。精霊女王の名のもと、ここにいる者全員があなたの秘密は守る。なんならその忘却薬を俺たちに飲ませても構わない」

「えっ？」

思いも寄らない提案にリアンは驚いて拍子抜けする。

イザークがまだ不安なのかと尋ねると、彼女は慌てて否定した。

「シンシアから聞いていた話と随分印象が違います……あの子の思い込みかしら？」

俯いて誰にも聞こえない声でリアンはぽそぽそと呟いてから、改めて三人を見つめる。

やがて、決心がついたように口を開いた。

「当時の火災は事故ではなく、意図的に行われたものです。蠟燭の不始末にしては激しく燃えた跡がありました。それと、不可解なことがもう一つ」

リアンは一度胸に手を置き、深呼吸をして気持ちを落ち着かせる。

「火災発生から三ヶ月ほど経った頃、禁書館や保管庫と関わりのあった神官や修道士が次々と異動や使節団への派遣を言い渡されました」

当時のリアンは違和感を覚えて仕方がなかったという。

時間と共に一人、また一人と関係者が消え、最後の一人になったところでそれは終わりを告げた。何故なら大神官が急逝したからだ。

最後の一人は葬儀が終わると自ら教会を辞めていったという。

「その者の名前を覚えているか？」

イザークが尋ねるとリアンは首を横に振る。

「普段は護衛騎士をしていた方で、私とは関わりがなかったものですから。中肉中背とし か……でも非番の時、身なりが良かったのでどこかの貴族だと思います」

「話してくれてありがとう。あとはこちらでも調べてみよう」

貴族なら洗い出しやすい。教会と深く関わりのある人間はおおよそ把握している。

漸く尻尾を摑めた気がしてイザークが内心ほくそ笑んでいると、リアンが憂いのある表情で訴えた。

「皇帝陛下、いろいろなことが重なって、大変な状況であることは承知しております。ですが、どうかシンシア様を見つけてください」

リアンは祈るように手を組んで胸に当てる。

「シンシア様が魔物の呪いなどの災厄から身を守れるよう、特別な薬湯のお風呂に入れていました。お風呂が嫌いで充分とは言えませんけど――とにかく、災厄に遭ってもそれをある程度弾くようにしているので安心してください」

イザークは災厄から逃れるための薬湯など聞いたことがなかった。恐らくそれは秘薬だ。

「何故、聖女にそこまでするんだ？」

イザークが尋ねると、リアンは気まずそうに美麗な顔を歪めた。

「精霊からすれば人間との間に生まれた私は半端者。そのせいで常若の国を追い出されて二百年余り経ち、私はフォーレ家の庇護のもと修道院で隠れて暮らしています。自分の存在が知られることを恐れ、私は他人に無関心でいました。でもそれだと不誠実だということに気づかされたんです。私はあの子の分も含めてシンシア様を守りたいんです」

十年前、聖女が魔物に襲われて死亡するという痛ましい事件があった。あの子というのはその聖女のことだろう。リアンの表情からは後悔が滲み出ていた。

すると、横にいたカヴァスがリアンの肩を抱いて励ます。

「リアン、君の薬師の腕は確かだ。きっとシンシア殿を守ってくれている」

「励ましてくれてありがとう、カヴァス。心配してくれているのはありがたいけれど、神官や修道女たちを使って私の様子を探るのはやめてちょうだいね」

「バレていたんだ。だったら手紙で気丈に振る舞うのはやめてくれるかい？　却って心配になるんだ」

カヴァスはリアンの手を取って眉根を寄せる。

「ええ、分かったわ」

憂色に堪えない様子のカヴァスを見てリアンは頷いた。

それからリアンは最後にもう一度、イザークにシンシアのことを頼み込むと、カヴァスが作った転移魔法で中央教会へ帰って行った。

キーリはすぐに調査に取り掛かるため、一足先に謁見室を後にした。

残ったカヴァスは人払いの魔法を解くと疲れた様子でソファに腰を下ろした。

「リアンが危険を顧みずに全面協力してくれるなんてフォーレ公爵家の人間以外で初めてのことだ。ほら、貴族たちの間には未だに愚かな迷信があるだろう？」

愚かな迷信というのは『精霊と人間の間に生まれた子の肉を食べれば不老長寿が得られる』といったもの。

アルボス帝国では人身売買などは法律で禁止しているが闇市場や組織は存在する。カヴァスが近衛第一騎士団と側近騎士の両方をこなしているのは諜報活動も含めて未だに蔓延るそれらを根絶やしにするためだ。

最初提案された時は驚いたがイザークは快諾した。

カヴァスが側近騎士でいてくれることは非常に心強い。加えて規則が厳しい騎士団の環境と違い、自由に動ける側近騎士はカヴァスの性格上良い効果をもたらすに違いないと判断したからだ。

「リアンを守れるためなら私はなんだってするよ。なんだって」

イザークはどうしてカヴァスが両方の職に就くと言い出したのか漸く気づいた。

（……全部彼女のためなんだろうな）

カヴァスには女たらしの印象ばかりを受けていたが実際はリアンのことを一途に想っていたらしい。現に、この間の神官や修道女たちと会っていたのだってリアンの身を案じてのことだ。

（カヴァスは宮殿の侍女たちとも仲が良い。女たらしなのはそれを誰にも知られたくなくてカモフラージュするためなのか。……いや、これ以上考えるのは野暮だな）

イザークは小さく息を吐いて目を閉じるとそれ以上は何も言わなかった。

暫くすると、謁見室の重厚な扉が開かれる。視線を向けるとそこには壮年の騎士が立っていた。背は高くがっしりとした体躯で頬には剣の傷痕がある。服の袖から覗く腕にも無数の傷痕があるので長年騎士として戦ってきたことが窺える。

そんな彼はイザークに最敬礼した後、カヴァスを見るなり癖のある髪を逆立てて怒りを露わにしていた。

「カヴァス、やっと見つけたぞ。また約束の合同訓練をサボりおって！　側近騎士で近衛第一騎士団の団長のおまえがそんなだと、部下たちに示しがつかんだろうが!!」

「やあやあ、マーカス・ベドウィル伯爵。いや、第二騎士団長。私の団の心配をしてくれて大変ありがたいけれど、第一騎士団には優秀な副団長がいるから大丈夫だよ」

甘いマスクに笑みを浮かべて答えると、マーカスは渋面を作って舌打ちをした。

「おまえみたいな奴が団長とはまったく良いご身分だ。女の尻ばかり追いかけず、真面目に剣を握ったらどうなんだ？　んん？」

ベドウィル伯爵家は魔物討伐や国境守備で武功を立ててきた家柄だ。そのため鍛練は厳しく、カヴァスに怠け者だというレッテルを貼って毛嫌いしている。

また、長年務めていた第一騎士団の団長の座をカヴァスに奪われたものだからずっと目の敵にしている。本人や彼を慕う周りの者たちはフォーレ公爵家が権力を濫用したと主張しているが、実際カヴァスは類稀な才能の持ち主でその剣技はマーカスよりも上であることをイザークは知っている。

もう少し鍛練に真面目に出ていれば摩擦を生むこともなかったのかもしれない。が、生真面目なキーリとは旨くいっているので根本的に二人の相性が悪いだけのようだ。

「おまえみたいな怠け者より真面目なワシの方が第一騎士団の団長に相応しい。近いうち必ずその座から引きずりおろしてやるからな！　覚悟しておけ!!」

「はいはい分かったよ。マーカス殿、逃げずに鍛練場に向かうから先に行っててくれないかい？」

「フンッ。次に合同訓練をサボったらおまえの部下に地獄の鍛練メニューを組んでやる!!」

鼻息を荒くするマーカスは大股で部屋から出て行った。

カヴァスは頬を掻きながら「部下に八つ当たりするのは困るな」と呟く。

「近衛騎士団の鍛練もあるのに無理をさせているようだ。……すまない」

個人的な任務を頼んでばかりだったことを謝るとカヴァスが流し目でこちらを見る。

「側近騎士と近衛第一騎士団の団長は自分が望んだことだから。両方手に入れられて、私は陛下には感謝しています。騎士団長の地位だけだと毎日男だらけで耐えられそうになかったし。ね？」

そう言ってカヴァスは親指を立てておどけてみせる。

つられて声なく笑っていると、廊下から慌ただしい足音が聞こえてきた。

扉が開かれたので視線を向けると、今度はキーリが両手を広げて立っている。

「陛下、緊急事態です！」

他の人が見ればいつもの生真面目なキーリだと思うだろう。しかし、付き合いの長いイザークはすぐに異変に気づいた。

キーリが片眼鏡を執拗に掛け直す素振りを見せる場合はただならぬことがあって、動揺している時だ。さらにうわごとを呟いているのだから尋常ではない。

「どうした？　一度息を整えて話せ」

キーリは言われたとおりに深呼吸を何度か繰り返し、やっと片眼鏡から手を離した。

「女官長からフレイア・フォーレ嬢が妃候補として仮宮へ入宮したと報告を受けました。僕はなんの話も聞いていません！　これは一体どういうことですか⁉」

イザークは「ああ」と言って涼しい顔で答えた。

「俺から女官長に命じたんだ。忙しいキーリの手を煩わせるわけにはいかないからな」

「まさか陛下、彼女を利用しようとしていません？」

「人聞きの悪い。熱心に身上書を持ってきていたのはキーリだろう。それにフレイアは歴とした妃候補だ。何も問題ない」

キーリが聞き咎めているとカヴァスが側頭部に手をやりながら発言する。

「別に良いんじゃないかい？　これ以上後宮に誰も入れないでいるのは難しいだろうし。私の妹の行動は特に間違っていないだろう？　寧ろ双方にとって利害が一致しているとみえるね」

どこか楽しそうに含み笑いをするカヴァスにキーリが噛みつこうとするがその前にイザークが遮った。

「フレイアの気持ちはずっと前から知っている。それに応えないままでいるのは俺だって胸が痛む。仕事熱心なキーリと違ってな」

イザークはそう言い残すと嘆くキーリを尻目に、謁見室の外に向かって歩き出した。

第六章　仮宮の妃候補

アルボス宮殿の一番奥に位置する後宮は活気づいていた。イザークが皇帝に即位してから誰一人としていなかった後宮内に妃候補となる令嬢が遂に入宮したのだ。

女官たちは水を得た魚のようにいきいきと働いた。仕えるべき主のいない後宮でずっとこの時を待ちわびていたのだから当然のことだ。

「シンシャ、各部屋のシーツやクッションカバーを集めてちょうだい。終わったらピンクの花づな模様のものに取り替えて。フレイア様は可愛らしい柄がお好きなようだわ」

「はい。承知しました」

三つ編みのワンテールにお仕着せ姿のシンシアは、掃除係の侍女として働いていた。

お風呂場でロッテが提案してくれた内容は後宮の掃除係の侍女として働くことだった。人手が足りないため丁度女官を補佐する侍女を募っていたのだ。

ロッテは遠い親戚で仕事を探している子がいると言って、シンシアを侍女長に紹介してくれた。筆記試験と口述試験を受けた後、シンシアはあっさり採用された。

侍女長曰く、掃除係は妃候補のフレイアと接する機会がほとんどないので読み書きや簡単な作法が身についていれば問題ないとのことだった。

猫の手も借りたいほど大忙しだと言われたのでシンシアはその足で後宮に向かうこととなり、採用当日から働いた。仕事中はロッテと会えないが運の良いことに同じ宿舎になった。隣の部屋を割り当てられたのは侍女長の計らいなのかもしれない。

イザークの様子をロッテに尋ねると「ユフェ様は暫く私と過ごしますって報告したら寂しそうにはしていたけど、そこまでショックを受けていなかったわよ」とのこと。

一緒の時間がなくなって嘆かれると予想していたのに意外な反応に拍子抜けだった。

(ま、まあいつまでも一緒にいられるわけでもないし？　いつかは私も人間に戻って離れるんだからそれがちょっと早まっただけ。イザーク様が寂しかろうがなんだろうが関係ない。だって向こうは私を殺したくて堪らないんだもの。情を持つ必要なんてないわ)

それでも何故だろう。何故か気持ちは晴れない。

いつの間にかお仕着せの下に隠している森の宴を触っていることに気づいたシンシアは慌てて手を離すと作業に集中することにした。

最後のシーツを取り終えると既にいっぱいになっている籠の中にぐいぐい押し込む。

(修道院でいろいろ経験しているから掃除に洗濯、皿洗いに裁縫なんでもござれ。うっかり粗相なんてしなければ問題なし。あとは休みの日に通行許可証を持って宮殿を出れば自力で教会まで行ける。——完璧だわっ！)

籠を両手で抱えるシンシアはほくほくと笑みを浮かべてリネン室へと運んだ。部屋に入るとリネン室を管理している侍女が棚から清潔なシーツを取り出している最中だった。

「部屋から持ってきてくれたのね。それは後で他とまとめて洗濯係に渡すから入り口の大きな籠に入れておいて」

「分かりました」

指示を受けて言われたとおりの場所にシーツやクッションカバーを入れる。次にピンクの花づな模様のシーツとクッションカバーの場所を教えてもらうと、空になったばかりの籠の中に入れていく。女性好みの可愛らしいデザインだ。

「きっとこの柄が似合う愛らしい令嬢なんだろうなあ。もう陛下とも会われたのかな？」

「いいえ、そうでもないらしいわよ」

「えっ？」

ただの独り言だったのに侍女が反応してくれた。彼女は周りを気にする素振りを見せると「実はね」と声を潜めた。

「女官たちが話していたのを聞いたんだけど、フレイア様は皇帝陛下のお渡りが一度もないそうよ。それに焦ってあの手この手を使って気を引こうとしているけど、どれもうまくいっていないみたい」

模様替えは彼女の機嫌を取るためよ、と言って肩を竦める侍女は踏み台に上がって残りのクッションカバーを手渡してくれた。

フレイアがイザークの気を引くために躍起になっている。

しかし、シンシアからすれば彼が女性に靡くとは到底思えない。

(猫を溺愛しているんだもの。彼を振り向かせるのは至難の業よ)

難攻不落のイザークを落とそうと果敢に挑む彼女にシンシアは無謀だと思う反面、凄い人だと敬服した。

それから三日後、拭き終えた飾り壺を持って廊下を歩いていると悲鳴が聞こえてきた。驚いて歩みを止めると、側を通っていた侍女も一体何ごと？　といった様子で立ち止まる。

声は白色を基調とした金細工の扉から聞こえてきた。

そこはフレイアが使っている部屋だった。癇癪を起こしているのか、彼女とおぼしき金切り声と陶器の割れる音がひっきりなしに響いてくる。時折、誰かの宥める冷静な声がするがお構いなしのようだ。

フレイアは十六歳。両親から蝶よ花よと大切に育てられた結果、傍若無人に育ってしまっていると女官たちが囁いていた。皇帝が来ないことに毎日立腹し、喚いては食器類を破壊しているらしい。

フレイアに会ったことがないシンシアはこの三日で侍女や女官から知り得た情報を整理

する。と、後ろから困った表情を浮かべた女官に声をかけられた。

「気にせず仕事を続けてちょうだい」

扉の向こうからはより激しい悲鳴が聞こえてくる。閉め切られているので何を喋っているのかくぐもって聞き取れないが、触らぬ神に祟りなし。今の優先事項は真面目に働いて休みを取ることなので首を突っ込んで悪目立ちしたくない。

シンシアは女官の声かけに無言で頷くと再び目的の場所へと急いだ。飾り壺を運び終えると、次にガゼボと玄関前の掃除を言いつけられる。

後宮と一括りにしてもその中は四つの宮で構成されている。三つは妃や後の皇后が住まう宮、残りの一つは妃候補が住まう仮宮だ。

四つの建物のデザインは基本的に統一されていて、柱頭や天井の縁には組紐文様と有翼の獅子の装飾が施され、精霊の加護とアルボス皇帝の庇護を象徴していた。しかし、それ以外は歴代の妃たちが実家の財力を見せつけるように装飾や家具を追加するので、宮殿内とはまた違う華美で女性らしい雰囲気の建物へと変貌を遂げている。

手をつけられなかった仮宮は後宮内の中で最も装飾が地味だ。とはいっても澄んだ泉と綺麗に整えられた庭園の景色は美しく、入宮したばかりの令嬢がリラックスできるように配慮がなされている。総じて後宮の中で最も落ち着いた場所だった。

庭園のバラの生け垣を抜ければ小道があって、その先にある小さな丘にはガゼボが設けられている。全体の景色を眺めて堪能するには打ってつけの場所だ。

掃除道具を片手にシンシアはガゼボに訪れていた。

晨風と暁雨によってガゼボ内部は葉っぱや花びらが散らばっている。この状態ではドレスの裾に落ち葉や花びらが絡まって、気持ちよく景色を眺めることはできない。

シンシアは腕を捲ると早速掃除に取り掛かった。

椅子とテーブルの上に載っている葉っぱを地面に落としてホウキでかき集める。次に井戸から汲んできた水で汚れを落としてブラシで磨く。黙々と作業をしているとあっという間にガゼボは綺麗になった。

手の甲で額の汗を拭い、腰に手を当ててガゼボ全体をぐるりと見回す。

満足のいく仕上がりになって喜ぶシンシアはガゼボの手すりに手を置くと、典麗な庭園を眺めた。樹木の葉っぱや花についた雫は太陽の光を反射してまばゆい宝石のようにきらきらと輝き、より一層幻想的な美しさを引き立てている。

一頻り景色を堪能したシンシアは掃除用具を手に持つと仮宮へと踵を返した。頼まれたもう一つの仕事、玄関前の掃除に取り掛からなくてはいけない。

足早に小道を進みバラの生け垣にさしかかると、誰かの囁き声がそよ風に乗って聞こえてくる。気になったシンシアが生け垣の奥へと足を踏み入れると、そこには自分の手のひらに向かって話しかける少女の姿があった。

女官や侍女のお仕着せとは違い、彼女はたまご色のドレスを着ていた。ドレスには花や枝の続き模様の刺繍が入り、所々に真珠がちりばめられ、裾には白のフリルがついている。美しくまとめられたルビーレッドの髪に、意志の強そうなつり目がちな青色の瞳。面差しは凜としていて、その佇まいから醸し出される、気品あるオーラ。

間違いない。彼女がこの仮宮に入宮したというフレイアだ。

分かった途端、緊張感が走る。

(さっきのこともあるし、関わらないようにした方が身のためかも……)

シンシアは気づかれまいと抜き足で通り過ぎようと画策する。

「そこの方、少し良いかしら？」

ギクリ、とシンシアは肩を揺らした。フレイアからは死角になって見えないはずなのに存在がバレてしまっている。

呼び止められたシンシアは大人しくフレイアのもとに歩いて行く。

彼女はこちらに身体を向けるとつり目がちな目を細めた。

「質問なのだけれど、あなた虫は平気ですか？」

「え？　ええ、はい。特に怖いとも気持ち悪いとも思いません」

突飛な質問に面食らいながらも、粗相のないように慎重に答える。すると、フレイアは顔をぱっと綻ばせた。

「まあっ！　なら手伝って欲しいことがありますの」

フレイアは優しく包むようにしている手をそっと広げてみせる。怪訝な顔でフレイアの手の中を覗き込めば、そこには数匹のまるまると太った芋虫がいた。

「どうしてフレイア様が芋虫を？」

一般的に考えて令嬢のような身分ある女性は虫やカエルを怖がる。触るどころか視界に入れるのも嫌で、使用人たちに命令して処分して欲しいと懇願するはずだ。

ところがフレイアは他の令嬢と一線を画しているようで、手の中の芋虫に視線を落とすと、にこにこと笑いながら指の腹で撫でて愛でている。

「先程わたくしの部屋に運ばれた花にこの子たちがついていたんですけれど、屋敷から連れてきた侍女のボニーが取り乱して大変でしたの。カップは投げるわ、皿は割るわ……。この子たちに罪はないからわたくしが責任を持ってここまで連れてきましたのよ」

話を聞いたシンシアは片眉を上げた。

廊下で耳にしたあの悲鳴はフレイアではなく侍女のボニーだった。ということは、冷静に話しかけていた声の主がフレイアということになる。

（あの悲鳴はフレイア様じゃなかったんだ。声しか聞いていない女官や侍女からすると勘違いしてしまうわね）

シンシアは内心微苦笑を浮かべるとフレイアをしげしげと眺める。

生き物が好きという点でロッテを彷彿とさせ、どことなく親近感が湧く。

「事情は分かりました。それでこの芋虫たちはどうするんですか？」

「低木がある場所ってご存じ？　この子たちを自然に帰してあげたいのだけど適した環境が見つからなくて困ってますの」

それなら、とシンシアは低木の植わっている場所へ案内する。庭師に駆除されるかもしれないのでできるだけ目立たないところへ連れて行き、フレイアは芋虫たちを葉っぱが生い茂る枝の上に置いた。

フレイアは柔和な微笑みを浮かべると風で靡く後れ毛を耳に掛ける。

「手伝ってくれてありがとうございます。虫が平気な方で本当に良かったですわ」

「草むしりや菜園の手伝いをしたことがあるので芋虫くらいなんてことないですよ」

世間話をする感覚で他愛もない内容を話したつもりだが、それにフレイアが食いついた。

「まあっ！　そうですの？　実はわたくしも屋敷で植物を育てていましたのよ」

精彩を放つフレイアは植物や虫について饒舌に語った。

シンシアは時折相づちを打ち、楽しそうな様子を見て微笑む。

すると突然、フレイアが声を呑んでじっとこちらを見つめてきた。

「ところであなたはとっても綺麗な顔立ちですのね。……その微笑む顔をどこかで見たことがあるような？」

フレイアは唸りながらシンシアの顔をためつすがめつして眺めてくる。

もしかして聖女の姿の時に会ったことがあるのだろうか。笑顔を引きつらせるシンシアの額には若干汗が滲む。

「ひ、人違いですよ。さあさあ、芋虫さんの避難も済みましたし、帰りましょう」

誤魔化すように手を叩いてフレイアを仮宮へと誘導する。と、前方からフレイアの名前を呼ぶ侍女が小走りでやって来た。

「お、お嬢様！　フレイアお嬢様ぁ!!」

「まあ、ボニー。虫嫌いなのに庭園に来ることはなかったのですよ」

「でも、お嬢様お一人にするわけにはいきません……」

ボニーはぎこちない笑みを浮かべながら手を擦り合わせる。虫が怖いのか挙動不審で酷く怯えていた。

フレイアは腕を組むと口元に手を当てて思案顔になった。やがて決意したようにこっくりと頷くと真顔でボニーに言った。

「ボニー、すぐに荷物をまとめて屋敷にお戻りなさい。良かれと思ってあなたをわたくし付きの侍女にしましたけど乳母のベスと交代してもらいます。もう歳だから迷惑は掛けたくないと思って交代させましたけれど、やっぱり彼女じゃないとしっくりきませんわ」

「そ、そんなぁ……私はまだやれます！」

「いいえ駄目です。いくら屋敷から持ち込んだ食器だとしても毎回割られては目を瞑れません。ここにあるものはすべて陛下や陛下のお妃様のためのもの。万が一傷つけでもしたらどうするのですか？　わたくしは一介の妃候補にすぎないのですよ」

　フレイアは厳しい口調で叱りつける。

　ボニーは何度も懇願するものの、フレイアはまったく聞く耳を持たなかった。

　地面にくずおれてめそめそと泣いているボニーに、フレイアは優しく肩を抱くと穏やかな表情を向ける。

「安心してください。あなたを減給にしたり、待遇を悪くしたりするつもりはありません。これ以上、ここの女官や侍女の方に心配と迷惑をかけたくないだけです。それにずっとこんな調子ではあなたの身が持ちませんでしょう？」

　一部始終を見ていたシンシアは、フレイアは品行方正で貴族令嬢らしい女性だと思った。つり目がちな顔立ちのせいで気の強そうな印象を受けるが彼女は見た目とは違って寛大で情け深い。フレイアがイザークの妃になればこの国はさらに安定した治世となるだろう。それに雷帝と恐れられるイザークは一度懐に入れた人間には情が深い。きっと彼女を大切にするはずだ。

　そう思った途端、シンシアの胸の辺りがざわついた。

（……この気持ちは何？）

胸に手を当てたシンシアは今まで感じたことのない感覚に目を瞬いて首を傾げた。

その後、フレイアの世話役である女官が現れてシンシアは仕事に戻るよう言いつけられた。

玄関前をホウキで掃いているとフレイア一行がゆったりとした足取りで戻ってきた。通行の邪魔にならないよう、シンシアは壁際まで後退ると顔を伏せる。通り過ぎるのを待っていると、彼女たちとは別の方向から足音が聞こえてきた。

フレイアは立ち止まると恭しく礼をして、鈴のような声を発した。

「お会いするのはお久しぶりですわね。皇帝陛下」

『皇帝陛下』という単語にシンシアの心臓が大きく跳ねた。鼓動は速くなり、背中に冷や汗が滲む。

(お渡りがないって聞いていたからここには来ないと思っていたのに。それに裏方の掃除係は万が一イザーク様が訪れても会うことはないって高を括っていたのに!!)

シンシアは一番下っ端の掃除係の侍女なのでフレイアと同じ空間を共にすることはない。だからイザークと会うこともないだろうと思っていた。よくよく考えてみれば廊下の掃除や通行時は鉢合わせする可能性は充分にあった。

自分のうっかりに飽き飽きすると同時に正体がバレないか不安になる。

絶対ここで顔を上げるものか、と心に誓った。

そんな気を揉んでいるシンシアの心情などつゆ知らず、イザークが口を開いた。

「フレイア、今回は入宮してもらって本当に良かった。俺としては来てもらえて安心している」

「わたくしの方こそ手紙を何通も送ってごめんなさい。ですがフォーレ公爵家のわたくしが入宮となれば他の貴族も静かになり、家臣たちも安心しましょう。皇帝陛下、いいえお兄様はいつまで経っても妃を娶りませんから皆気がかりなのです」

「特にキーリはフレイアが入宮したことを非常に驚いて焦っていたな」

キーリの表情を思い出しているのかイザークが楽しげに言う。

フレイアは頬を膨らませるとぷいっと顔を背けた。

「わたくしだっていつまでも待てません。大人しく待っていては老女になってしまいます」

その反応にイザークは苦笑する。

シンシアは二人の会話を頭の中で繰り返して分析していた。

イザークはいつまで経っても妃を娶らない。娶らなければ次の世継ぎは生まれず、勇者の血筋である皇族は断絶してしまう。帝国の安寧を願うキーリたち家臣と自分の娘を嫁がせて権力を握りたいと願う貴族たち。イザークを取り巻く環境は日々変化している。

その中で、唯一変わらずに信頼できる令嬢がフレイアなのだろう。

（フレイア様はフォーレ公爵家の令嬢だからカヴァス様のご兄妹にあたる。……それなら

イザーク様と何度も交流したことがあるはずだわ）

先程イザークは来てもらえて安心していると言っていた。それはつまり、他の妃候補を迎え入れるよりも気の置けない存在のフレイアを迎えた方が安心するということではないだろうか。

「ここで話すよりも、積もる話は部屋でお茶でも飲みながらゆっくりしよう」

イザークが腕をフレイアの前に差し出すと、微笑みを浮かべるフレイアが泰然と腕に自身の腕を絡めた。

「ふふ。わたくしも話したいことがいっぱいありますの」

親密な様子の二人は女官と侍女を引き連れて仮宮の中へと入っていった。

辺りは誰もいなくなったが、シンシアは壁際で未だに硬直していた。

（フレイア様はイザーク様のことをお兄様って呼んでいた。それに手紙をやり取りするくらいの間柄って……まあまあな仲じゃない？）

極めつきは去り際だ。フレイアに向けるイザークの眼差しはユフェの時と同じように優しい色が滲んでいた。その光景を盗み見た途端、シンシアは愕然とした。

――なんだ、猫以外にもあんな表情ができる相手がちゃんといるんじゃないか。

自然と深い溜め息が漏れたところでシンシアは、はたと気づいた。

（……あれ、なんでがっかりしているの？　これでいいのよ。だって私がいなくなった後も独り身のままだったらイザーク様の心は救われない。でもフレイア様が側にいれば……彼女が慰めてくれる。私の代わりに私以上に支えてくれるし、世継ぎの心配だってなくなるわ）

帝国が今と変わらず平和である未来を想像するとほっとする。そのはずなのに、胸の辺りがチクチクと痛い。また体調が悪いのだろうか。

（……ヨハル様より先に死んじゃったらどうしよう）

お仕着せの下に隠している森の宴を握りしめると、シンシアは仕事を再開した。

次の日、仮宮内に足を運べば、二人の話題で持ちきりになっていた。話を聞かないよう努めていても意識してしまっているせいで嫌でも耳に入ってくる。

昨日からシンシアの胸の中はよく分からない感情に苛まれていた。チクチクとした痛みは次第に変化して苛立ちと焦燥感が綯い交ぜになったもやもやで埋め尽くされている。

極めつきは二人が廊下を仲睦まじく歩いている様子を部屋から目撃した時だ。

あの時はあんぐり口を開けたまま立ち尽くしてしまった。

（ユフェはこの世で一番尊いとか言っていたけど。やっぱり猫よりも令嬢の方が一番なんじゃない！）

ユフェが部屋からいなくなって少しは寂しがっているのかあれからロッテに尋ねたところ、報告書は出してもなしのつぶてだという。

――イザーク様の薄情者!!

結局、猫よりも令嬢の方が大切なのだ。

(人間の女性と猫を比較するなんて間違っているけど。もう少し寂しがってくれたっていいんじゃないかな?)

仕事が終わって宿舎に戻ったシンシアは溜め息を吐きながらベッドに腰を下ろす。枕を抱きしめて物思いに耽っていると急に声がした。

「シンシアどうしたの? 大丈夫?」

どうやら扉が開きっぱなしになっていたらしい。顔を上げると、心配そうにロッテが入り口のところで立っていた。

いつものお仕着せではなく、レモン色のドレスでスカートの裾には可愛らしいチューリップ柄が刺繍されている。

今日の彼女は非番だったと頭の隅でぼんやり思い出していると、こちらに近づいてきたロッテにいきなり両肩を摑まれた。

「もしかして誰かに虐められてるの?」

「えっ? ち、違うわ。虐められてなんかない」

驚いたシンシアは手を振って否定する。

最近自分で自分の感情がよく分からない。これはもしかすると人間から猫に、猫から人間に急激に変化したせいで、身体だけでなく精神的な負担もきたしているのかもしれない。

話すべきか迷いながらもシンシアは重い口を開いた。

「ロッテ……実はね、最近この辺りが変なの」

胸に手を当てて訴えると、ロッテが隣に腰を下ろす。

「胸の辺りが変って大病かもしれないわ。どんな症状なのか私に話してみて」

シンシアは小さく頷くと訥々と話した。

ロッテは最初、真剣に話を聞いていたが次第に様子が変わっていった。堪えるように唇を震わせ、終いには「もう駄目」と口にしてお腹を抱えて笑い出した。

「もうっ。なんで笑うの？」

口を尖らせてロッテを咎めると、彼女は目尻の涙を払いながら謝罪する。

「ごめんね。あなたがあまりにも可愛いことを言うから、つい」

「可愛いこと？」

訳が分からないシンシアはロッテの手に自身の手を重ねて先を話すように揺すった。

一頻り笑ったロッテは居住まいを正すと真摯な態度をとる。

「ユフェ様が側にいないのに、陛下が思いのほか寂しがってなくて悲しい？」

「ちょっとね。でも陛下にはフレイア様がいらっしゃるから」

皇帝陛下であるイザークは多忙だ。それでも一緒に過ごす時間をいつも作ってくれた。

しかし、今度は仕事に加えて妃候補の相手もしなくてはいけない。きっとユフェを寂しがる時間も余裕もないのだとシンシアは思うことにした。

「陛下とフレイア様が二人でいるのを見ると心が苦しくてもやもやしない？」

質問されてこれまでのことを思い返す。確かに、胸の辺りがざわついたりチクチクしたり変な感覚に襲われたのは二人が一緒の時だ。

シンシアがこっくりと頷けば、ロッテが重ねていたシンシアの手を握りしめる。

「答えは簡単だわ。あなたはフレイア様に嫉妬しているのよ」

シンシアはぱちぱちと目を瞬いた。

「嫉妬？　なんで私がフレイア様に嫉妬するの？」

別に自分は貴族の令嬢になりたいなんて願望は持っていない。嫉妬する要素がどこにもないと主張すると、ロッテが強い口調で言い切った。

「それは、シンシアが陛下に恋してるからよ」

「…………はぁっ!?」

一瞬の沈黙を経て、シンシアは素っ頓狂な声を上げた。

自分がイザークに恋をしている？

そんなものを抱いているだなんて狂気の沙汰、いや天変地異の前触れだ。常識的に考えて。自分のことを殺したくて堪らない相手を好きになると思う？　相手はあのイザーク様だよ？

「ロ、ロロッテ、気は、気は確か？　相手はあのイザーク様だよ？　いや絶対ならないから！」

動揺するシンシアはくわっと目を剝いて捲し立てる。

「恋に常識は通用しない。自分の気持ちに素直になって想いを伝えなければ後悔する時が必ずやって来る――ってこの間、貸本屋で借りた本に書いてあったわ」

そう言ってロッテは鞄から本を取り出した。最近流行の恋愛小説のようだった。

シンシアは唇を尖らせた。

「も、もうロッテったら私をからかわないでよ！」

「ふふふっ。からかったのはシンシアが先でしょ。びっくりさせないで。危うく欺されるところだったわ」

どうやらロッテはシンシアの悩みをただの冗談だと捉えたらしい。

それもそうだ。つい先日まであんなにイザークを恐れ、見つかりたくないと言ってロッテに助けを請うていたのだ。この心境の変化はあまりにも唐突過ぎる。

その後、話題が王都の町並みに移り、ロッテは今日見てきた気になるお店の話を始める。

シンシアは終始微笑んでいたが実際は気も漫ろになって何を話したのかちっとも覚えていなかった。話し終えて「また明日」とロッテに手を振ると扉を閉める。

途端に頰に熱が集中するのを感じてシンシアは両手で押さえた。

イザークは血も涙もない雷帝で、誰彼構わず処刑する——宮殿に来る前まではそう信じてやまなかった。しかし、一緒に過ごしてみてどうだっただろう。

彼が機嫌一つで誰かの首を刎ねたことがあっただろうか。否、それは一度もなかった。

極悪非道なのは表面上だけで本当は情が深く、国や周りの人間を気遣っていた。いつだって誰かのために一生懸命だった。そんな彼を見ていると、恐ろしいという感情よりも側で支えたいという感情の方が日に日に増していった。

そして気づかないうちにもっと彼を知りたい、側にいたいと願うようになっていた。

(まさか、これが恋だなんて……)

今ならこの胸のドキドキが病気ではなく、恋から来るものなのだと理解できる。

(私はイザーク様が好き？)

自身に問いかけると、心臓の鼓動がスピードを増した。

頰はさらに熱が集中しているような気がする。

これ以上自分の気持ちに鈍感でいることはできそうにない。

「でも……そんなこと、できないよ」

シンシアは俯くと自分自身を抱きしめる。

イザークは聖女の自分を思い出す度、眉間に皺を寄せて殺気に満ちた恐ろしい顔つきになった。情状酌量の余地は絶対にない。その証拠にルーカスが先日イザークの様子を報告してくれたばかりだ。

この気持ちが報われる日は永遠に来ない――。

シンシアは扉に背中を預けるとずるずるとその場に座り込み、絶望したのだった。

自分の気持ちを知ってからというもの、シンシアは率先して外の仕事をこなした。

こんな感情を抱いたまま妃候補であるフレイアの仮宮内に足を踏み入れるのは気が引ける。それに、もしまたイザークと鉢合わせをしてしまったら今度こそ処刑されるかもしれない。

(外の仕事ならフレイア様への後ろめたさも緩和されるし、イザーク様と顔を合わせる可能性も減るわ)

シンシアは小道の落ち葉を拾いながら歩いて回った。

空は快晴で爽やかな風が庭園の植物たちを撫でていく。花の上では蝶が舞い、蜜蜂が忙しなく蜜集めに励んでいる。泉の方からは水面を泳ぐ鳥たちのさえずりが聞こえ、後宮内だというのにのどかな雰囲気に包まれている。

腰を曲げてせっせと落ち葉を拾っていると、急に視界に影が飛び込んできた。

「やっと見つけましたわ！」

顔を上げた途端、シンシアは思わず頬を引きつらせた。

こちらを見下ろしているのは今最も会いたくない人物の一人、フレイアだった。

シンシアは上体を起こすと慇懃な礼をしてその場を離れようとする。女官と違い掃除係の侍女は本来、挨拶以外で令嬢と話すことはない。

しかし、フレイアは回り込むようにしてシンシアの行く手を阻んだ。

「待ってくださいまし。わたくし、あなたにお願いがあって参りましたのよ」

「お願い？」

よく見るとフレイアは外套で首から足までをすっぽりと包んでいる。面倒ごとに巻き込まれそうな気がして断ろうと口を開きかけるが、先にフレイアが言葉を発した。

「どうかわたくしを宮殿の執務室へ誰にも知られずに連れて行ってください。もちろん我が儘なことだとは重々承知しております。でもわたくし、どうしてもあの方の頑張っている姿を一目でいいから見たいのです！」

真剣な表情で詰め寄るフレイアにシンシアは戸惑った。

「どうして私なんですか？　女官やお屋敷から連れてきた侍女に頼めば良いのでは？」

「他の女官や侍女だと女官長に怪しまれてしまいます。ですが、あなたはいつも外の仕事をしています。したがってあなたならば怪しまれずにわたくしを連れ出せると考えました。

それに虫が平気な女性に悪い方はいらっしゃいませんわ」

持論を展開するフレイアは早速外套を脱ぎ捨てる。どこから入手したのか、侍女のお仕着せに身を包んでいた。

大胆不敵な行動にシンシアは絶句する。

フレイアの言うあの方とはイザークのことに違いない。つまり手引きすれば二人の愛の架け橋を担ってしまうことになる。

（将来お妃様になる方だし、応援した方が良いに決まってる。決まってるけど、その前に宮殿へ行ったら私が聖女だってバレてしまうじゃないの!!）

これでは架け橋どころか完全に良い手土産、ある種の結納品だ。

シンシアは数歩後ろに下がると、身を翻した。

「わ、私には無理です!!」

泉と花壇を抜けて急いでバラの生け垣へと逃げ込むと、息を殺して生け垣の間からフレイアの様子を観察する。すると、不意に身体に異変が起こった。

ドクン――と、心臓が大きく跳ねて激しい目眩に襲われる。

まるで荒れ狂う波に揉まれる船の中にいるようだった。立っていられなくなったシンシアはきつく目を閉じてその場に蹲る。

揺れる感覚が次第に収まって目を開けると、視線が低くなっている。不思議に思って視線を落とすと、目にしたのは靴下を穿いたような白い足。後ろを振り向けば、長い尻尾が垂れている。再び猫の姿に戻ってしまっていた。

『ど、どうして⁉　呪いは自然に解けたんじゃないの？』

解けたはずの呪いに再び掛かってしまい、シンシアはパニックに陥る。

この呪いには掛かる場合と解ける場合の条件があるのだろうか。もしもなんらかの条件によって姿が人間と猫に変わってしまうのならそれを突き止める必要がある。

（呪いが中途半端であることが原因なのは分かるけど、こんなところを誰かに見られたら……それがイザーク様ならどうなることか‼）

その先は想像するのも恐ろしい。

シンシアがあたふたしていると、後ろから誰かに優しく抱き上げられた。

「あら美人な侍女さんの代わりに猫さんですわ。あなた、ユフェ様でしょう？」

見つかってしまった。しかし諦めるのはまだ早い。

「嗚呼、侍女さんの手助けなしではこっそり執務室まで行けそうにありません」

フレイアは小さく息を吐くと、眉根を寄せて困り果てる。

（猫になったから私が手助けする必要はなくなった。良かった。危険を回避できそう）

内心ほくそ笑んでいると優しく背中を撫でるフレイアが閃いたように声を上げた。

「そうですわ！　ここに迷い込んでしまったあなたを届ける名目で宮殿へ行けば良いので

す。こじつけではありますけれど、行く理由があれば叱られずに済みますもの」

シンシアはギョッとした。

とどのつまり、シンシアは二人の愛の架け橋になる運命からは逃れられないようだ。

(私をだしに使うのはやめて欲しいです。二人が一緒にいるところも見たくないし、呪いの条件が分からないんだもの。もしもイザーク様の前で人間に戻るなんてことがあれば今度こそ殺されてしまう!!)

しかし色めき立った乙女は、善は急げとばかりに早歩きで後宮を抜け出した。

それはあっという間だった。

(ひいぃっ！　私は後宮へ帰る、帰るんだから!!)

シンシアはジタバタと暴れた。

しかしどんなに足で蹴ってもフレイアはお構いなしだった。必死の抵抗も虚しく、彼女は廊下をぐいぐいと進んでいく。

宮殿に何度も訪れたことがあるのかその足取りに迷いはない。

「中庭を通って近道をしましょう」

声を弾ませるフレイアが廊下から外に出る。その途端、シンシアは不穏な気配を感じた。

(おかしい。こんなところで瘴気みたいな気配がする)

困惑しながらも意識を集中して瘴気の元がどこにあるのか探る。しかし、地を這う蛇のように中庭全体を瘴気が蠢いているので判然としない。

(この辺りは僅かだけど、前方からはより強い瘴気を感じる。このままだとフレイア様に危険が及ぶわ)

焦っていると急にフレイアの足が止まった。彼女もこの気配を本能的に感じ取ったようで戸惑いの表情を滲ませる。

シンシアはその隙にフレイアの腕から抜け出して地面へ降りると真っ直ぐに走った。

(この先にあるのは確か——)

花壇を抜けたその先には噴水があった。今は水が噴出していない。

(この辺りから強く感じたんだけど……)

シンシアはベンチに乗って噴水を観察する。意識を噴水に集中させてみるものの、瘴気も元となるものも見当たらなくて首を捻る。

やがて、後方から「待ってください」と声がして振り返るとフレイアが走ってやって来た。息を切らし、シンシアの姿を見つけると数メートル離れたところで立ち止まる。

(今はフレイア様の安全のためにも早くここを抜け出した方が良いのかもしれない)

これ以上無茶はできないと思い、切り上げようとするとシンシアの全身が総毛立った。

僅かに感じるだけだった瘴気がいつの間にかフレイアの頭上で幾重にも重なり漂っている。

シンシアは焦った。

(さっきまでなかったのに一体どこから発生したの？　瘴気がこんなにもあるのに元となるものが見当たらないなんて。ロッテの時は薬自体に魔瘴核が入っていて瘴気を放っていたけど、これには原因になる元がない……)

原因を突き止めたいのは山々だが、まずはこの瘴気を浄化する必要がある。

シンシアは浄化のためにティルナ語を詠唱しようと口を開きかけた。が、もう一人の自分が心の中で駄目だと叫ぶ。何故ならフレイアには妖精猫であることを伝えていない。さらに今は通行人が多い時間帯だ。周囲に人気はないが誰かに喋っている姿や精霊魔法を使っている姿を見られては大事になる。

打つ手がないシンシアは歯噛みした。

(……でもこんな状況で設定がどうとか言ってられない。人命を第一優先にしない私は聖女として失格だわ!!)

覚悟を決めたシンシアはベンチから降りてフレイアに歩み寄る。こちらの動きに気づいた彼女はたちまち顔を強ばらせた。歯をカチカチと鳴らしながら酷く怯えている。

一体どうしたのだろう。シンシアが心配してさらに近づくと、フレイアが絶叫した。

「い、いやあああっ!!　バケモノッ!!」

瘴気は一定以上吸い込むと幻覚が見える。

フレイアの目には歩み寄ってくる猫が恐ろしい化け物に映ったようだ。

『フレイア様落ち着いて。これは瘴気が見せている幻覚だから』

シンシアが優しい声色で話しかけるがそれは却って火に油を注ぐ形となった。

突然人間の言葉を喋る化け物などより恐ろしいに違いない。余計に取り乱す結果になってしまった。

(先に瘴気を浄化した方が良いみたいね)

シンシアはティルナ語を詠唱して瘴気の浄化に取り掛かる。

詠唱に集中していると、横目に怯えるフレイアが手を突き出しているのが映った。

(あっ……)

彼女の魔法によってシンシアの身体は宙に浮いた。指の動きに合わせてシンシアの身体はぐるぐると円を描くようにして振り回される。

平衡感覚がおかしくなって気持ちが悪くなった。しかし、シンシアの詠唱はまだ終わっていない。ここでやめてしまえばフレイアに攻撃されて浄化することがさらに難しくなってしまう。

(詠唱が終わるまであと少し!!)

フレイアの魔法で今度は噴水よりも高い位置まで身体が上昇する。続いて魔法を解かれると身体が下に向かって落ちていく。

(大丈夫。この高さなら華麗に着地できるわ)

自分に言い聞かせて何とか詠唱を終えると、組紐文様の魔法陣が鮮明に現れる。無事に浄化が始まったことを見届けたシンシアは、咄嗟に身体を捻って下を見た。

しかし次の瞬間、身体が水飛沫を上げて噴水の底へと沈んだ。

フレイアは自分を地面に叩き付けるのではなく、溺れさせることが目的だったようだ。身体が硬直してしまって思うように動かない。

目の前にはゆらゆらと揺らめく水面から見える景色が広がっている。

嗚呼、前にもこんなことがあったとシンシアは頭の中で思う。

記憶は断片的に見え隠れするだけでうまく思い出せない。

ふと、修道院の皆の顔が頭に浮かぶ。ヨハルにリアン、ルーカス。優しい修道士や修道女。これは所謂走馬灯だろうか。

そして何故か最後に浮かんだのは恐ろしくて仕方がなかったイザークだ。

(こんな呆気ない死に方するなら、ルーカスに無理を言って解呪してもらえば良かった)

息のできなくなったシンシアは肺に溜まっていた最後の空気を吐き出すと、そのまま意識を失った。

パチパチと火の爆ぜる音がする。それから時折すすり泣く声も。

シンシアはうっすらと目を開けた。

炎が揺らめく暖炉の前で、柔らかくて温かなブランケットに包まれている。

重たい頭を動かして辺りを見回すとそこはユフェの部屋で、一人がけソファの上にいた。

隣には床に座り込み、肘掛けに額をつけて涙を流すロッテの姿があった。

頭の上にいる小鳥はシンシアが目覚めたことに気がついて短く鳴く。と、ロッテが泣き腫らした顔を上げた。

「シンシア、シンシア！　目が覚めたのね。寒かったり痛かったりするところはない？」

心配して顔を突き出すロッテにシンシアはどこも悪くないことを伝える。

『誰が助けてくれたの？　私、噴水で溺れたんだけど』

「私よ。小鳥さんが、シンシアのことを教えてくれたの」

ロッテが視線を上に向けると、頭の上に乗る小鳥が「チィ」と鳴く。心配してくれているのか鳴き声が弱々しい。

『ロッテに知らせてくれてありがとう』

お礼を言うと言葉が伝わったらしく、小鳥はシンシアの側に移動すると首を傾げて短く囀る。

「早く元気になって欲しいって言っているわ」

シンシアは尻尾を揺らして返事をする。小鳥はその後も何度かシンシアの周りを跳びはねて元気づけるとロッテの頭の上に戻った。

『フレイア様はどうなったの？　彼女、様子がおかしかったの』

「分からないわ。私が駆けつけた時には彼女も倒れていたから。ところでどうして猫の姿に戻ってるの？」

それは自分でも分からない。自分の意思に関係なく姿が猫に戻ってしまった。その後は考える暇もなくフレイアに捕まり、宮殿を歩いていたら瘴気が現れた。直後に彼女の様子がおかしくなって、落ち着かせようとしたら噴水で溺れさせられて今に至る。

（瘴気は蛇のようにうねうねと中庭を囲って移動していた気がしたけど、実際に目にしたのはフレイア様の上にあるものだけだった。残りは一体どこに？）

じっと考え込んでいると、ロッテが背中を撫でてくれる。

「シンシャの方は体調不良になったって伝えといたから安心してね。取りあえず、元気を出すために何か食べて。温かいスープを持ってくるわね」

食欲はないがこれ以上心配は掛けたくない。

シンシアがお礼を言うと、ロッテは睫毛についた涙を払い、食事を取りに行った。

一人残されたシンシアはブランケットに突っ伏した。正直身体が鉛のように重たくて何をするのも億劫だ。若草色の瞳を閉じてじっと横になっていると、廊下から足音が響いてくる。ロッテがスープを持ってきてくれたようだ。

耳をぴくぴくと動かして様子を窺うと、歩き方からして彼女のものではなかった。

「ユフェ!!　無事なのか!?」

扉が開かれて入り口に立っていたのは肩で息をするイザークだった。

駆け寄ってくる彼は眉間に皺を寄せて苦悶の表情に満ちている。

(イザーク様、心配してくれているの？)

ロッテから話を聞く限り、この数日間のイザークの態度は素っ気なかった。てっきりフレイアに夢中になり、もうユフェには興味がないと思っていたのに——それは単なる勘違いだったようだ。不謹慎かもしれないがイザークに心配されて胸が高鳴ってしまう。

イザークは前屈みになるとシンシアが包まっているブランケットを広げ、ティルナ語の詠唱を始める。室内に光の粒を一瞬で満たし、それはうねりながら組紐文様の魔法陣を描いていく。

精霊魔法の魔法陣は鮮明であればあるほど強力になる。イザークが作り出した魔法陣は見事に鮮明な組紐文様を描いていた。

(すごい。イザーク様の精霊魔法はヨハル様のものにも匹敵する)

魔法陣の光の粒がシンシアの身体に降り注ぐ。最後に身体に溶け込むようにして魔法陣が消えると重だるかった身体はすっかり軽くなった。

身体を起こしたシンシアは口を開く。

『ありがとうございます。身体が楽になりました。イザーク様は精霊魔法もお使いになるのですね』

もちろん『ユフェ』の発音が完璧なのでティルナ語が堪能なことは分かっていたが、ここまで精霊魔法に長けているとは想像もしていなかった。

イザークは面映ゆそうな表情を浮かべる。

「主流魔法と比べると得意ではないが地道に努力して習得した。ユフェにとっては息をするように容易いことかもしれないが、ティルナ語の発音は難しいな」

『イザーク様のティルナ語は完璧ですよ。でも意外です。何でもこなせる要領の良い人なのかと思っていました』

イザークは首を横に振ると頬を掻く。

「俺は不器用だ。剣の腕も魔法の腕も死んだ兄弟に比べれば劣る。政治に関して言えばキーリに助けられてばかりだ。才能がなかったから努力で補うしかなかった。これからも皇帝であり続けるために、俺は地道に努力を続けていこうと思う」

一見、完璧に見えるイザークだが陰ではずっと努力を重ねてきたようだ。現状に満足せず、未熟だと言って謙虚な姿勢を崩さない。

（……やっぱり、本来のイザーク様は残虐で横暴な雷帝なんかじゃない）

国のために文武両道を目指し、さらに磨きをかける彼が堪らなく愛おしく感じる。

(嗚呼、やっぱり私はイザーク様が好き、好きなんだわ)

胸の奥がきゅうきゅうと苦しくなっているとイザークが膝立ちになって背中をぽんぽんと叩いてくれた。

「嗚呼、実を言うとずっとユフェに会いたかったが我慢していた。禁断症状のせいでこれ以上は我慢できそうにない……すまない」

『えっ？』

突然の言葉に何を謝罪されたのかまったく見当がつかない。

シンシアが目を白黒させていると、イザークが艶っぽい溜め息を漏らす。うっとりした表情のイザークは、そのままシンシアの身体に顔を埋めた。

(ぎゃあああっ!!　禁断症状ってまさかとは思ったけど猫吸いのこと!?)

頭のてっぺんからつま先に掛けて熱が電撃のように駆け抜ける。人間なら茹でダコ状態なのが一目瞭然だが猫の毛に覆われているのでバレることはない。

(呪いで猫にされたけど、初めて呪われて良かったって思ったかもしれないわ)

冷静な感想を頭の中で呟いていたがそんな余裕は一瞬でなくなる。

「……っ!!」

イザークの鼻先が時折身体に当たってくすぐったい。いつもの撫でられる時のような心地好さとは違い、なんだかもどかしい気分になる。

(こ、これいつまで続くの!? ううっ、今のイザーク様は全然怖くない顔が良いだけの顔面凶器で……って、こっちもこっちで拷問だから!!)

シンシアが身を震わせて堪えていると、猫吸いに満足したイザークが顔を上げて最後に額に唇を落とす。薄くて柔らかな唇に触れられた途端、心臓の鼓動が激しくなった。

ドキドキという音が彼にも伝わってしまうのではないかと不安になるくらい煩い。

(っ~!! もうっ、私ったらときめいてどうするの。こんなの自分で自分の首を絞めているようなものじゃない!!)

シンシアが心の中で冷静であれと言い聞かせていると、キーリが扉を叩いて入ってきた。

「陛下、フレイア嬢が目覚めました。医務室までお越しください」

顔を上げたイザークは、恍惚としていた表情を引っ込めた。報告を受けていつもの厳めしい顔つきで炯々と紫の瞳を光らせている。

「事情はおおよそロッテから聞いている。ユフェは恐ろしい目に遭ったんだ。今日はこの部屋でゆっくりとお休み。俺は今からフレイアのところへ行って詳しい話を聞いてくる」

イザークはシンシアの頭を一撫ですると、身を翻してキーリと共に部屋を後にした。

部屋に残されたシンシアはフレイアの身を案じた。

(瘴気は浄化したから、きっとフレイア様の幻覚は解けているはず。……それにしてもあの瘴気はどこから発生したの？）

皇帝が住まう宮殿に魔物が出現するなどあり得ない。

可能性として高いのは魔瘴核だろう。

（ロッテの時の魔瘴核とは別に存在するなら、意図的に誰かが魔瘴核を宮殿内に持ち込んでいることになる。それなら早く私が対処しないと）

シンシアがソファから飛び降りると丁度入れ替わりでスープを運んできたロッテが扉を開いた。

「きゃっ!!　え、待って。どこに行くの!?」

銀のお盆にスープを載せて運んできたロッテには脇目も振らず、シンシアは中庭へと急いだ。

（早く元を見つけ出さないとまた被害が出てしまう）

中庭に辿り着いたシンシアは深呼吸すると、気を落ち着かせて瘴気に意識を集中させた。

フレイアとここに来た時は空気中や地表に意識を向けていた。しかし、冷静になってみると瘴気は地表ではなくその下から一定速度で中庭全体を蛇のように這っている。流れに沿って辿っていると、急に深いところから湧き出るようにその気配は一気に上昇した。

上昇する地点に視線を向けると、目に留まったのはさらさらと音を立てる噴水だった。

先ほどまで止まっていた噴水からは水が空高く噴き出している。

その水は弧を描いて落ちると直線の水路を流れて最終地点の池へと向かっていく。

そこでシンシアはハッと息を呑んだ。

（瘴気を含んだ水が地下水路を通って噴水から噴き出していたんだわ。噴水の水は水路を通って池に留まり続けるから、水に含まれる瘴気が微量だとしても蓄積すればそれなりの量になる）

そして最終地点の池の水が蒸発して瘴気となって発生した。

ここまで分かればあとは簡単だ。水の流れと逆の方向へ向かえば良い。逸る気持ちを抑えながら、シンシアは地下水路を辿っていく。

地下水路は中庭の小道の下に設けられている。張り巡らされた水路はある一箇所に集まって一本となり、中庭の端へと続いていた。

景観が損なわれないよう高い生け垣が壁のようにそびえている。それを越えると石造りの井戸があった。そして手前には祭服に身を包む青年が立っている。

『ルーカス!?』

名前を呼ばれたルーカスは振り返ると、目を見開いてシンシアを見つめてくる。

「シンシアが何故ここに？」

それはこちらの台詞だ。

どうしてルーカスがこんなところにいるのか不思議で仕方がない。が、このところヨハルがイザークに呼び出されていることを思い出した。恐らく今日も護衛で宮殿に来ていて、ルーカスもまたシンシアと同じように瘴気を感じてここまで辿り着いたのかもしれない。

『ルーカスが宮殿にいるってことはヨハル様も一緒なのよね？　ヨハル様はどこにいるの？』

するとルーカスは目を閉じて首を横に振った。

「残念ですが、私は兄上に用事を頼まれて来ただけなのでヨハル様はいません」

『なら、ルーカスにお願いがあるの。あなたも瘴気を感じたからここにいるんだろうけど、井戸の中に魔瘴核があるの。でも魔瘴核は教会が厳重に管理しているから紛失するなんてあり得ない。誰かが持ち出したみたいだから、犯人を調べて欲しい』

言うが早いか、シンシアは井戸の縁に飛び乗って水面を覗き込む。中は真っ暗だが、幸いなことに水嵩が浅く澄んでいるので魔瘴核がどこにあるのか一目で分かった。

鶏の卵くらいの魔瘴核の欠片がひっそり瘴気を水中に吐き出している。

「シンシア！」

ルーカスはシンシアが井戸の縁に立つのを見て、慌てて手を伸ばして走ってくる。いつものうっかりで井戸に落ちるかもしれないと心配されているのかもしれない。

シンシアは走ってくるルーカスを気にも留めずにティルナ語を詠唱して浄化にあたった。

すぐに組紐文様の魔法陣が現れて赤色の魔瘴核が青色の清浄核へと清められていく。

浄化が無事に終わってシンシアが安堵する一方で、こちらに辿り着いたルーカスは井戸の中を覗き込む。やがて唇を引き結ぶときつく握りしめた拳を井戸の縁に打ちつけた。

いつも穏やかなルーカスが珍しく怒りで身を震わせている。もともと正義感が強い青年なのでこういった小賢しい行為が許せないのかもしれない。

『ルーカスが怒るのも無理ないけど、今は調べるのが先よ』

井戸の縁から地面に降りると、シンシアはルーカスに怒りを静めるよう諭す。

すると、ルーカスは俯いたままぼそぼそと何かを呟いた。

「……んて……か」

『え？』

何を言ったのか聞き取れない。

シンシアがルーカスに聞き返すと今度は顔を上げてはっきりと言った。

「なんてことしてくれたんだよ。あんたのせいで計画が水の泡じゃないか!!」

いつも物腰の柔らかい彼の態度が一変した。

シンシアの知っているルーカスはいつも優しく頼りになって、落ち込んでいると元気づけてくれる兄のような人だ。

『ル……カス？』

不穏な空気を感じて自然と距離を取る。が、俊敏な動きで間合いを詰めるルーカス相手ではいくら人間の時より足が速くなったシンシアとて分が悪い。

瞬く間に首根っこを掴まれて持ち上げられてしまった。

こちらを睨めつけるルーカスは忌々しそうに口元をへの字に曲げた。

「シンシアはいつも俺の行く手を阻んでくれるね」

『な、何よそれ。今まで一度だって邪魔したことないわ』

「……そっか。俺の大事なもの、奪っておいて気づきもしないんだ？　流石はお偉い『アルボス帝国に舞い降りた精霊姫』の聖女様だ」

訳が分からず混乱していると、ルーカスはにっこりと微笑んだ。

続いてこれまで見たことのない剣幕の形相が近づいてくる。

「あんたには今までの十四年間、苦しめられたお礼をたっぷりさせてもらうよ。――俺にとって最っ高な形でね」

口端を吊り上げて笑うルーカスは懐から小瓶を取り出して片手で器用に蓋を開ける。

『な、何をするつもり……うっ』

無理矢理口に瓶をねじ込まれて中身を流し込まれる。

（こ、これって眠り薬っ……）

匂いと味で判断できたところでもう遅い。げほげほと咽せるシンシアは急激な睡魔に襲われてそのまま抗う間もなく眠り込んでしまった。

キーリに連れられて医務室へと足を運んだイザークが中に入ると、フレイアがカヴァスに叱られている最中だった。

「まったく。君という子はどうしてこうも無鉄砲なんだい？　妃候補の令嬢が普通侍女に扮して後宮を抜け出すかい？」

フレイアはベッドの上で上体を起こし、しゅんと項垂れている。

「ごめんなさい。……自分が浅はかで軽率だったことは深くお詫びします」

いつもは甘やかで柔和な表情のカヴァスが目を吊り上げている。

今回の件を重く見ているのだろう。

「最初は私も利害が一致しているから良いとは思った。だけど自分の恋愛にのめり込み、あまつさえ陛下に迷惑をかけるなんてもってのほかだよ」

「公爵家のわたくしが妃候補として入宮すれば他の令嬢を牽制でき、妃を娶ることを拒むイザークお兄様の時間稼ぎになると思い提案しました。その代わりにわたくしのお願いを早く聞いていただきたくて……」

イザークはフレイアの提案を受ける代わりに彼女の願いを叶えるためにとある準備を進めていた。あとはタイミングだけだった。

「痺れを切らしたのはわたくしです。折角協力していただいておりましたのに……ご迷惑をおかけしました」

声は次第に尻すぼみになり、俯くフレイアは肩を震わせた。

「いや、君の気持ちも分かる。分かるけど……倒れたと聞いて肝を冷やしたんだよ」

小さく息を吐くカヴァスは逞しい腕で妹を抱きしめる。叱ってはいるがカヴァスは心の底から妹を大事に想い、心配している様子が窺えた。

美しい兄妹愛を見せたところでフレイアがこちらの存在に気づく。イザークを見るとベッドから飛び出してスカートを摘まんで礼をする。

「陛下におかれましてはこの度の件で大変ご不快になられたことでしょう。謹んでお詫び申し上げます。差し出がましいことではありますが、ユフェ様はご無事でしょうか？」

「先程介抱してきた。数日休息を取れば元気に歩き回れる」

フレイアは「良かったですわ」と呟くとまた涙を流す。

イザークはフレイアの手を取るとベッドに座るように促した。それからいつも通りに接するよう頼むと胸に手を当てて謝った。

「俺も悪いことをしたと思っている。すまない。フレイアの気持ちを知りながらことを進めるのが遅くなってしまった」

「いいえ、謝らないでください。わたくしの我慢が足りなかったのですわ」

「それでも何か、埋め合わせすることはできないか？」

尋ねるとフレイアは顔を伏せてブランケットをきつく握りしめる。

「……お忙しいのは分かっています。構ってもらえないことも、会うことが無理だということも理解しています。でも、だからといって手紙の返事を一通も送ってくださらないのは酷いです。もう一ヶ月放置です！　残酷です、あんまりです!!」

ワッと泣き出すフレイアに、イザークは眉尻を下げる。

続いて後ろに鋭い瞳を向けながら声を掛けた。

「――だ、そうだが。まだ引き出しに溜め込んでいる手紙を返していなかったのかキーリ」

こちらには近寄らず、扉の前で待機していたキーリは気まずそうにさっと目を逸らす。

フレイアの願い。それは想い人であるキーリとお茶をする時間を設けて欲しいというものだった。しかし、宰相である彼が充分な休憩時間を取ることは難しい。なんとかして小一時間程度の時間を捻出すべくイザークは水面下で奮闘していた。

ところがフレイアの方がキーリと一向に会えないことに痺れを切らし、少しでも様子が知りたくて侍女に変装するという無茶に出てしまった。

「キーリ様!!」

キーリの存在に気づいたフレイアは涙を拭いて、頰をほんのり赤く染める。

「やっと、やっと、お会いできましたわ。お手紙を出しても一向にお返事をくださらないので心配していましたの」

ベッドを下りたフレイアは、ぱっと駆け出してキーリの胸に飛び込む。

たちまちキーリは頰を引きつらせた。

（キーリはフレイアが苦手だからな……）

イザークはキーリの本心を知っている。曰く、フレイアは一途に愛を向けてくれる素敵な女性だが、仕事人間の自分には勿体ないらしい。

生真面目な性格上、対等に愛を注げないことに引け目を感じているようだ。

（フレイアは帝国を愛し発展させようと奔走するキーリが好きなんだがな）

このことは本人が気づいてこそなのでイザークの口からは言わないことにしている。

キーリはぎこちない手つきで抱きつくフレイアの肩に手を置いた。

「お返事が滞ってしまい申し訳ございません。後日、改めてお返事しますから」

緊張から額に汗を滲ませるキーリを一瞥してカヴァスがからかった。

「嗚呼、良かった。ここで『年頃の若くて美しい娘が軽々しく男に抱きつくものではありません』なんて注意したら私が君を叩いていたけれど、一応君にも分別というものがあるようだ」

「カヴァスにだけは言われたくありません!!」

にんまり笑みを浮かべるカヴァスにキーリは嚙みついた。

イザークはフレイアが落ち着いたところを見計らって本題に入ることにした。

「フレイア、どうしてユフェを噴水で溺れさせたのか教えてくれないか？　おおよそのことはロッテから話を聞いている。しかし、植物や生き物が好きな君がユフェに危害を加えるなんて不可解だ」

尋ねられたフレイアはキーリから離れると真面目な顔つきになる。

「それが、わたくしにもよく分からないのです。中庭を歩いていたら少し頭痛と目眩がして治まるのを待つために立ち止まりました。ユフェ様が前を走って行ったので慌てて追いかけたのですが、気づけばユフェ様が化け物になっていたんですの」

話を聞いていたイザークは腕を組んで考え込むと、フレイアはさらに話を続けた。

「悲鳴を上げると、化け物――ユフェ様が突然人間の言葉で『これは瘴気が見せている幻覚だから』と言っていましたわ」

不思議そうに説明するフレイアにカヴァスが補足を入れた。

「実は、ユフェ様は常若の国から来た妖精猫で、人間の言葉を話すことができるんだよ」

事実を知ったフレイアは口元に手を当てて目を丸くした。

「まあっ！　それなら合点がいきますわね。でもわたくしったら気が動転してユフェ様を攻撃してしまったんです。そこからは記憶も曖昧でよく覚えていません」

イザークはフレイアの話に耳を傾けながら思案する。

今まで原因不明の瘴気が発生した場所はネメトン周辺の森だけだったのにどうしていきなり宮殿に瘴気が発生したのだろう。

懐を急襲された悔しさからイザークは表情を歪める。

するとキーリが小脇に抱えていた羊皮紙をフレイアがいるベッド脇のテーブルの上に広げた。それはアルボス帝国全土の地図で、北西部のネメトン手前には瘴気が発生した場所を示す赤い印がいくつも付けられていた。

「ご報告が一つあります。今回の瘴気の発生源ですが原因は水にあるようです」

「水？」

イザークとカヴァスが怪訝な表情でキーリを見つめると、彼は赤い印の上に人差し指をトンと置いて滑るように動かし始める。

「瘴気が発生した数百メートル以内にため池があります。この時季、ため池の水は灌漑に用いられるので水嵩が減ります。減った分は河から新たに導水して貯水します」

確かにネメトンと集落の間には森があり、いくつかため池が存在する。しかし灌漑用のため池と瘴気がどう関係するのか。考えても疑問が深まるばかりだ。

キーリは魔力酔い止めの薬を思い出すように言ってさらに説明を続ける。

「あの薬は水と一緒に飲むことで成分が溶け出し、効果が現れます。清浄核には体内の魔力を調整する作用がありますが、魔瘴核は瘴気を含む邪悪な魔力の塊なので身体が受け付けず、中和させるために魔力を消費して魔法が使えなくなるようです。要するに、魔瘴核は水性なんです」

そこまで話を聞いて、イザークは漸くキーリが言わんとすることが分かった。

「つまり、ため池に魔瘴核の欠片が入っていてその水が蒸発して瘴気になった」

そういうことなのか？　と視線で訴えるとキーリは頷いた。

この時季のため池の水は灌漑に使用されることから、瘴気を含んだ水は水路から流れ出てしまう。新たに貯水用の水が流れて来ることで、ため池内の瘴気の濃度が薄まる。

「神官が血眼になって瘴気の元を探しても見つからない訳だ。小賢しい真似をするねえ」

カヴァスは感心すると、キーリは「本当に」と言って憤懣やるかたない口調になる。

「調査団に調べさせたところ、案の定ため池の中から魔瘴核の欠片が出てきました」

ご丁寧なことに魔瘴核には精霊の加護が受けられるようロープで組紐文様が編み込まれていたという。そんな状態では神官も瘴気を察知するのは難しかった。

「恐らく宮殿の中庭も同じような魔瘴核の欠片があると思います。最も怪しい井戸を調べさせていますのでじきに僕のところに報告が入ります」

そこでカヴァスが考える素振りを見せると質問する。

「どうしてこれまで行き詰まっていたのに、こうもあっさりと分かったんだい？」

「魔力酔い止めの薬と調査団やヨハル様の話がヒントになりました。ヨハル様が潔白だと確信が持てたのはカヴァスのお陰です。今回ばかりはお礼を言います」

キーリが微笑んでお礼を言うと、丁度麻袋を手にした文官が扉を叩いてやって来た。

文官はキーリにしか聞こえない声でひそひそと話し込む。

「ど、どういうことですか⁉」

突然キーリが声を荒らげ、麻袋を受け取って中身を確認する。尋ねられた文官は驚いて身体を揺らしたが、やがて分からないと答えた。

報告を終えた文官はまだ残りの仕事があるようで医務室から出て行ってしまう。

「どうしたんだ？」

扉が閉じられたと同時にイザークが動揺しているキーリに声を掛ける。すると、彼は困惑した様子で顔を上げた。

「それが、井戸の底から見つかった魔瘴核の欠片はため池にあったものと一致しているんです。しているんですが……清浄核に変わっているんです‼」

袋からキーリが取り出した物はため池で見つかったものと同じように組紐文様が編み込まれた卵ほどの大きさのある清浄核だ。

魔瘴核を浄化できるのはこの国の聖女のみとされている。

キーリから清浄核を受け取ったイザークは思案顔になった。

（ロッテの時も魔瘴核が含まれた魔力酔い止めの薬が清浄核に変わっていた。またユフェがやったのか？　いい加減、浄化ができることは教えてくれてもいいはずなのに隠そうとする理由はなんだ？）

一同が黙り込んで清浄核を見つめていると、フレイアが「あのう」と言って控えめに手を挙げた。

「実は、倒れる直前にずっと悍ましい声が頭の中で響いておりましたの。それもおかしな話ではあるのですけれど。声はわたくしに『聖女を殺せ、早く殺せ』と命令していました。ユフェ様が聖女様であるわけないですし、幻覚なのだとしても変ですわよね」

その言葉に衝撃を受けたイザークは突然リアンの言葉を思い出す。

彼女は言った——シンシアが魔物の呪いなどの災厄に遭ってもそれをある程度弾くようにしている、と。

「……すぐにユフェのところに行こう。それからキーリ、至急中央教会へ連絡して解呪ができる神官を呼んでくれ」

「仰せのままに」

キーリが胸に手を当てて返事をしていると、廊下から慌ただしい足音と時折悲鳴が聞こえてくる。何ごとかとキーリが扉を開けると、そこには息を切らしたロッテと足下には十数匹の野ネズミやリスがいる。

「ランドゴル嬢、どうしたんですか？」

「お取り込み中であることは重々承知しています。でも一大事で！　ユフェ様が、ユフェ様が怪しげな神官に攫われてしまったんです!!」

驚いた拍子にイザークの手から清浄核が滑り落ちる。

カランと音を立てて床に転がるそれは鈍く光っていた。

第七章　魔物が巣くう森

あれは教会に来てから一年ほど経った時のことだった。リアンや他の修道女、それから同い年くらいの子どもたちと一緒に野いちごを摘みに少し離れた森へ行った。

当時のシンシアはティルナ語の習得に励んでいてまだ精霊魔法は使えなかった。そんな中、ルーカスだけは習得していて同年代の皆と一緒に羨望の眼差しを向けていた。

自分もルーカスのように早くティルナ語を習得したい。

そんな一心で発音練習に励みながら川辺の野いちごを摘んでいると、初めて目の前に淡い光の粒が現れた。

目を輝かせてはしゃいでいると、ルーカスが籠いっぱいの野いちごを持ってやって来る。

「聞いてルーカス、私も精霊魔法が使えるようになるよ！　ティルナ語を習得したの！」

嬉しくてすぐにルーカスに報告した。きっと彼も同じように喜んでくれるはずだ。

ところがシンシアの予想に反して、ルーカスは表情を歪めた。ただそれはほんの一瞬のことでいつものように優しく微笑んで「おめでとう」と言ってくれる。

シンシアは、ルーカスが驚きすぎて戸惑っているのだろうと思った。

「私の籠もいっぱいになったし、一緒に集合場所に戻りましょう」

「あ、待ってくださいシンシア。川の中に綺麗で珍しい魚が泳いでいます」

「えっ、本当？」

どんな魚だろう。興味津々でシンシアは数メートル下の川を覗き込む。

川の水は澄んではいるものの、水草がゆらゆらと揺蕩っているだけで魚は見当たらない。

「うーん、魚なんてどこにもいないわ。どの辺りにいるの？」

頭を動かして後ろにいるルーカスに声を掛けると、背中にドンッと強い衝撃が走った。

前へ押し出された身体は足場を失い、そのまま川へと落ちていく。

世界がゆっくりと流れていく中でルーカスが憎悪の目でこちらを睨み、両手を前に突き出している。続いて身体が水面に叩き付けられる衝撃と心が芯まで冷え切っていく感覚がして水底へと沈んでいく。

霞が掛かって思い出せなかった記憶を、シンシアは漸く思い出した。

――あの時自分を川へ突き落とした相手はルーカスだった、と。


茂みをかき分ける音が聞こえてくる。

シンシアは呻き声を上げながら意識を取り戻した。ぼんやりとする意識の中、最初に目に映ったのは鬱蒼と生い茂る木々だった。太陽の光が遮られていて薄暗く、そして肌寒い。どうやら森の中にいるらしい。

浮遊感があると思えばルーカスによって小脇に抱えられている。逃げられないよう手足はロープで縛られていた。視線だけを動かしてシンシアはルーカスを覗き見る。

（ルーカスは一体何をしようとしているの？　仮にも中央教会の神官で詩人なのに。それに雰囲気や喋り方もいつもの彼じゃない。——というかなんで森の中？）

ルーカスから視線を森に向けるがどこも似たように薄暗くて陰鬱な景色が広がっている。どことなく不気味な印象を受ける森。ただの直感でしかなかったが目端に黒い靄のようなものが映った途端、それが正しいとはっきり分かった。

（あれってもしかして瘴気？　あんなに濃いものを見るのは初めて）

高濃度な瘴気が発生する場所はアルボス帝国に一つしか存在しない。

『ここってもしかしてネメトンの中なの⁉』

思わず声を上げると同時に茂みから狼に似た魔物が数匹現れた。口から鋭い氷を吐いて襲いかかってくる。

ルーカスは余裕で攻撃を躱すと、鞘から剣を抜いて主流魔法と剣技を組み合わせた一撃で魔物を仕留める。息の根を止められた魔物は灰となって消え、魔物の核だけが地面に残った。

ルーカスは剣に付いた血を払うと鞘に収める。

「そう。ここはネメトンの中。西の結界は時々薄くて脆くなるからそれを狙って破って侵入した。あんたには自動浄化作用があるから一緒にネメトンに入っても大丈夫だって仮説を立てたけど……予測は当たっていたみたいだ」

瘴気は目の前に現れても、たちまち光を纏って霧散する。ルーカスの言うとおり、シンシアが側にいれば瘴気を防ぐことができるようだ。

シンシアは聖女の自動浄化作用がこんな形で誰かの役に立つとは知らなかったので驚いた。同時にルーカスは何が目的で結界を破り、ネメトンに侵入したのか疑問が残る。

『ルーカスは神官で詩人でしょう？　こんなの、教会への裏切りよ』

「裏切り？　失礼なこと言わないでよ」

ルーカスはせせら笑うと次に「心外だなあ」と言って楽しげにシンシアの鼻をつつく。

「能天気なシンシアにも分かりやすく説明してあげる。ベドウィル家は何代も前から自分たち一族を新たな英雄にしようと画策していたんだ。高祖父の代からゆっくり確実に計画を立てていたよ」

それは突拍子もない計画だった。

もともとベドウィル家は英雄四人の時代から存在する由緒正しい貴族だった。

その当時から一族は、何故自分たちは精霊女王から力を賜らなかったのかと嘆いていた。

その嘆きは代が変わるごとに憧憬から羨望へと変化していき、最後に嫉妬へと変わると今度は自分たちの手で魔王を復活させ倒すことで新しい英雄になろうと決意する。

特にルーカスの高祖父は大神官と親交を深めていて、賄賂を贈って神官クラスしか許されない禁書館へ入ることに成功した。

そこには世間に口外できない内容の書物があるとされていて、高祖父はそこで一冊の本を見つけた。それは禁止された魔法や魔王を復活させるための魔法書だった。彼は密かに書物を持ち帰り、写本してもとの場所に戻した。

ベドウィル伯爵家はその魔法書を基に数代にわたり、悲願を達成するための準備に取り掛かった。ある者は神官になって魔物や魔王のことを調べ上げ、ある者は近衛騎士となって宮殿内の地歩を固めた。

そして二十年前、現ベドウィル伯爵が計画実行に必要不可欠な魔瘴核の欠片を手に入れた。一族の悲願に関して慎重な態度をみせる彼はすぐには実行しなかった。確実に悲願を達成するため、皇帝の世代交代を狙って二十年経った今漸く動きだしたのだ。

ネメトン周辺に発生した原因不明の瘴気も、討伐部隊の魔力酔い止めの薬もすべて彼やその息子――ルーカスの兄が実行した。

そこまで話したルーカスは「馬鹿馬鹿しい」と吐き捨てて嘲笑った。

「そんなことに何の意味があるっていうんだろうね。叔父上なんて悲願のためにわざわざ騎士のキャリアを捨てて土木技官になった。ネメトン周辺の精霊樹を自然災害と見せかけてなくし、フォーレ公爵に計画を知られないようにするために動いていた」

ルーカスは一族の悲願に対して嫌悪感を抱いている。それでも彼らに協力しているのは何故なのだろう。

『どうしてルーカスは宮殿の井戸に魔瘴核を入れたの？　それだってベドウィル家の悲願を達成する計画の一つなんでしょう？』

シンシアが尋ねるとルーカスは「違うよ」と言って肩を竦めてみせる。

「あれは誰が黒幕なのか皇帝側に教えてあげただけ。父や兄、一族全員まとめて復讐するには丁度いいと思った。役立たずで落ちこぼれだと罵っていた俺が裏切って英雄になったらさぞかし悔しいだろうから。まあ、俺の本来の目的はヨハル様のためだけど」

シンシアは聞き咎めた。

『ヨハル様のため？』

「ああ、そうだ。魔王が復活し、神官である俺が倒せば中央教会の知名度は国外にも広がるし、アルボス教会全体の寄付金だって増える。そうすれば俺を育てたヨハル様はその功績が称えられて大神官の中でも最高位である教皇になれるんだ!!」

ルーカスは歩みを止め、シンシアを地面に下ろすと前を見るように顎をしゃくった。

それに習って前へ視線を向けると、いつの間にか鬱蒼とした樹木が消えて泉がある。

真ん中にはこれまで見たことがない大きさの紫色の結晶があった。半分は泉に浸かっていて残り半分は水面から顔を出して樹木に覆われている。水面からは濃度の高い瘴気が絶えず発生していて、この結晶が魔王の眠る浄化石だと一目で分かった。

ルーカスはシンシアの額に手をかざすとティルナ語の詠唱を始める。光を帯びた組紐文様の魔法陣が浮かび上がるとシンシアの額に溶け込むように消えていく。

ぽかぽかとした心地の好い暖かさに包まれる感覚がして、シンシアの意識は微睡んだ。

次第に意識がはっきりしてくる頃には、身体が人間の姿に戻っていた。

猫から人間の姿に戻る段階でルーカスがロープを解く。が、人間に戻ったシンシアを組み伏せて再び手足を縛り上げた。

(呪いは解いてくれたけど、手足の拘束は解いてくれないのね)

意識がはっきりして状況を呑み込んだシンシアは、手首と足首の拘束を見つめた。

するとルーカスが無遠慮にシンシアのお仕着せの後ろ襟を掴んで泉近くまで引きずっていく。

「やめて、放して!」

「禁じられた魔法書によると魔王の復活には清らかな心臓を捧げる必要があるらしい。この帝国で最も清らかな聖女の心臓なら、魔王も喜んで復活してくれるよね」

上機嫌な声色とは裏腹に物騒な言葉を口にするルーカスにシンシアは慄然とした。

殺気横溢した視線を向けられて身体が小刻みに震える。

彼は本気だ。本気で自分を殺して魔王を復活させようとしている。

ルーカスは視線を再び前へ向けると、シンシアを掴んでいない方の手を胸に当てる。

「失踪を聞かされたときは心底嬉しかったよ。やっとヨハル様が俺だけを見てくださるって思った。けど、実際はシンシアがいなくなったのは自分のせいだと言ってヨハル様はずっと自身を責めていた」

ヨハルのことを思い出したのかルーカスは悲痛な表情を浮かべると、続いて眉間に皺を寄せて嫌悪感を露わにした。

「宮殿で話しかけられた時は驚いた。だって心配されているあんたは猫の姿でのうのうと宮殿で暮らしているんだから。殺意を覚えても仕方ないよね？　あんたの心臓が手に入ればあとは別にどうなっても良かったから、魔瘴核の存在を皇帝側に知らせるついでに瘴気の幻覚を使ってフレイア・フォーレにあんたを殺させるように仕向けたんだけど……残念なことに失敗に終わったよ」

「私を殺すために関係のない人を巻き込まないで!!」

堪らずシンシアは叫んだ。こんなことにフレイアを巻き込むなんて間違っている。

ルーカスに憤りを感じていると、彼はこれまでのように憂いを帯びた表情を浮かべて「申し訳ないと思ってる」と呟いた。

「だから今度は自分の手で確実にあんたを殺す。聖女が失踪したのはベドウィル伯爵家と協力して崇拝する魔王を復活させるため。自らの命を捧げにネメトンへ向かったって世間には広めるよ。あんたは歴代最悪の聖女になり、俺は魔王を倒した英雄になる」

ルーカスが魔王を倒して英雄になれば同時に一族への復讐も果たすことができる。だが、もしそうなったら聖女の邪悪さに気づけなかったヨハルは糾弾されるだろう。

（普段ならいろんな可能性を考慮して行動する人なのに、興奮して頭に血が上ってしまっているんだわ……）

シンシアは慎重に言葉を選びながら口を開く。

「ヨハル様はそんなこと望んでない。ルーカスが悪いことに手を染めていると知ったら、絶対に心を痛めるし、悲しまれるわ」

考え直すように説得すると、ルーカスは唇を嚙みしめて舌打ちした。

「良い子ちゃんぶって反吐が出る。なあ、シンシア」

そう言ってルーカスは一度後ろ襟を放すと、回り込んで今度は胸ぐらを摑む。

シンシアの若草色の瞳に険しい表情のルーカスがアップで映り込んだ。

「俺はな、ずうっと昔からあんたのことが大っ嫌いだったんだ!!」

「っ……」

その言葉にシンシアは胸を突かれた。先程思い出した記憶は頭のどこかでただの記憶違いだと信じていたのに、何も間違ってはいなかった。

茫然自失になっているとルーカスが苦虫を噛み潰したような表情で見下ろしてくる。

「初めて会った時からずっとそうだ。俺が必死で努力して手に入れたものをあんたは易々と奪っていく。ヨハル様の愛も、精霊魔法の腕も、大事なもの何もかも全部!!」

怒り狂うルーカスにシンシアはどう答えて良いか分からない。不安げに顔を上げると、乱暴に地面へ叩き付けられる。

シンシアは呻き声を上げて身じろいだ。

「あんたはいっつも俺の剣の腕を褒めていたけど、言われる度に癪に障ったよ。俺が修道院に入れられた理由は他の兄弟と比べて学才も剣才もない落ちこぼれだからだ!!」

シンシアはこれまでにルーカスがベドウィル伯爵家の三男であることは教えてもらっていた。しかし、どういう経緯で修道院に入ったのかは一度も聞いたことがなかった。

てっきりティルナ語の才能を見込まれて修道院に入ったのだと思っていたが、実際は家族から虐げられて育ったようだ。ルーカスの実家での扱いを想像すると胸が痛くなる。

「そんな俺に手を差し伸べてくださったのがヨハル様だ。何もない俺に一から精霊魔法を教えてくれて、護衛騎士に剣を教えるよう頼んでくれた。どこにも居場所のなかった俺を受け入れて愛情を注いでくれた。幸せだった。……でもある日、聖女とかいう魔女が来た」

ルーカスの瞳に憎悪と嫉妬を綯い交ぜにした炎がぎらぎらと宿る。

で、俺には見向きもしなくなった」

「違う。聖女という肩書きだけで誰も私自身のことに興味ないわ。ヨハル様が私につきっきりだったのは、私がちっとも主流魔法を使いこなせないからよ。心配して特訓してくださったの。それにヨハル様はいつだって平等に愛情をもって接してくださるわ」

聖女だからヨハルから特別な扱いを受けたかと尋ねられれば、もちろん否と答える。

必死に誤解を解こうと試みるが激昂するルーカスにシンシアの言葉は届かない。

「俺を惨めな気分にさせて楽しかった？　嗚呼、あんたの顔を見てると虫酸が走る」

無理矢理顎を掴まれ、ルーカスの人差し指と中指が爪を立ててシンシアの頬に鋭く食い込む。そのまま下へと移動すると鋭い痛みが走った。

シンシアの頬にうっすらと血が滲む。表情を歪めていると、手巾を口の中に押し込まれた。精霊魔法を使わせないための措置のようだ。

二人の間にざわざわとした風が吹き荒れる。

ルーカスは腰に下げていた剣を鞘から引き抜いた。

「今から死ぬって考えたら怖いだろ？　だから潔く首を刎ねて楽にしてあげるよ」

剣を振り上げるルーカスはいつもの物腰柔らかい笑みを向ける。その表情にはどこか切なさが混じっていた。

（駄目、私までここで死ぬわけには……）

避けようにも拘束されていて身動きが取れない。

振り下ろされる剣を見てシンシアが死を覚悟したその時——突然ルーカスの手に短剣が刺さった。

「……ぐっ！」

不意打ちの攻撃を食らってルーカスの手から剣が滑り落ちる。刺さった短剣は貫通し手からは真っ赤な血が滴っている。

何が起きたのか分からず、シンシアが身を竦ませていると遠くから馬の鳴き声と蹄鉄音が聞こえてくる。気づいたルーカスは怪我を負っていない手で剣を拾い上げるとシンシアに斬りかかった。しかし、今度は弓矢によって防がれてしまう。

ネメトンのような危険な場所に誰が足を踏み入れたのだろう。

シンシアが困惑していると、二頭の騎馬が姿を現した。

最初に現れたのは黒髪に鋭い紫の瞳を持つ、この世で最もシンシアが恐ろしいと思う相手だった。その後ろの馬には、焦げ茶色の髪に切れ長のアイスブルーの瞳の青年が乗っている。

「あの距離から短剣を命中させるなんてお見事でしたよ陛下」

「それなら弓矢で命中させるカヴァスもだろう」

（イザーク様！　カヴァス様！）

シンシアは目を見開いた。まさか二人がここに来るなんて思ってもみなかった。

（二人の周りに守護の結界が張られている。イザーク様は守護の魔法も使えるの？）

すると、カヴァスの背後で小さく動く影が目に映る。目を凝らせばそれはリアンだった。

「ありがとうリアン。君の守護のお陰で泉まで安全に移動ができたよ」

カヴァスが労うと、リアンはどうってことないといった様子でさっと馬から下りる。

話を聞いたルーカスが驚愕して唇を震わせた。

「な、なんでただの修道女のはずのあんたが、精霊魔法を使えるんだよ⁉」

それにはシンシアも驚いた。これまでリアンから精霊魔法が使えるという話は一度たりとも聞いたことがない。

問われたリアンは平淡な声で答えた。

「精霊魔法が使えても神官になりたくない者もいるんです。私はずっとただの修道女として過ごしてきましたから」

するとルーカスが鼻を鳴らした。

「持っている自分の力を誇示しないなんてただの馬鹿だろ」

その主張にリアンは反論する。

「皆が皆、あなたのような考えを持つとは限りません。……それにしてもこの泉は随分と淀んでいます。鉄の掟の誤った解釈が浸透したせいで魔王の核が浄化しきれていません」

「魔王の核？　魔王は浄化石の中で眠っているんじゃないのか？」

胡散臭そうにルーカスが尋ねるとリアンはきっぱりと強い口調で言った。

「いいえ、あれは魔王の核です。よく見なさい。あの結晶が紫色をしているのは浄化が途中まで行われて放置されているからですよ」

鉄の掟にはアルボス教会の聖職者のための戒律が記されている。

英雄四人のうちの一人である聖女が精霊女王から賜ったもので原本は中央教会の禁書館にて保管されている。しかしそれだと聖職者たちに戒律を広めることはできない。

初代聖女亡き後、聖職者は鉄の掟を広めるために数人がかりで写本して各教会に配った。ところが、どういうわけか誤った内容が鉄の掟に記載されてしまった。

――ネメトンには魔王の身体が浄化石の中で眠っている。身体に誘われて魔王復活を願う魔物たちが現れるため、歴代神官たちが交代して結界を張り侵入を防ぎ、魔物の動きに注視すること。

これが現行の鉄の掟に記されている内容だが、実際の鉄の掟はこうだ。

――ネメトンには魔王の核が残されている。核に誘われて魔物たちは現れるが歴代聖女が交代して浄化を行えば完全な平和が訪れる。それまでネメトンには結界を張り侵入を防ぎ、魔物の動きに注視すること。

本来正しく書かれるべきものが誤った内容のまま時が流れた。さらに活版技術の発達により、広く定着してしまった。

「昨日、原因不明の瘴気を調べるために禁書館で保管されている鉄の掟をヨハル様が調べられて事実が発覚しました。だからルーカス、ここに魔王はいないんです」

「煩い！　そんなこと信じられるわけないだろ！　俺が魔王を復活させてこの手で殺すことで英雄になって、そしてヨハル様を教皇にするんだ!!」

赤銅の目は血走り、身体は怒りで震えている。

ルーカスは手に刺さった短剣と弓矢を無理矢理引き抜くと強く拳を握りしめる。力んだせいで溢れ出た血がボタボタと地面に落ち、やがて腰に差していた短剣を素早く引き抜いた。

「往生際が悪い」

イザークが人差し指をすうっと下から上へと移動させると動きに合わせて泉の水が球体となって宙に浮いた。それは瞬く間にルーカスの頭全体を覆う。

ルーカスはもがいて水の球体を払おうとするが、水はすぐにもとの形に戻ってしまう。

「降伏しろ。その水は瘴気を含んでいて飲み込めば身体に影響が出るぞ」

イザークが静かに忠告するが水の膜の向こうで、ルーカスは凄まじい剣幕だ。ゴボゴボと空気を口から吐いているが降伏する素振りは一切ない。

空気を奪われても息が続く限りは任務を遂行するという強い意志が伝わってくる。

ルーカスは眦を決して短剣を構えた。すかさずイザークが俊敏な動きでシンシアとルーカスの間に入り込む。短剣から手を離すようルーカスの手首を摑んで捻り上げると、そのまま身体を捻って地面に叩き付ける。

イザークは地面に叩き付けるすんでのところで球体を泉へと戻した。お陰でルーカスは水を飲み込まずには済んだが受けた衝撃から呻き声を上げた。

そうこうしているうちにルーカスのもとに太い枝が伸びてくる。動けないように手足を搦め捕られ、幹に貼り付けるように拘束された。

カヴァスがフォーレの力を使って植物を操作しているようだった。

シンシアは一連の流れをただ呆然と眺めることしかできなかった。

(す、凄い。ルーカスは護衛騎士の中でも指折りの強さなのに。イザーク様はそんな彼を相手にしても息も乱れていないわ)

感心していると眉間に皺を寄せるイザークがシンシアの前にしゃがみ込んできた。ユフェの時には一切見せない、いつもの極悪非道な顔つきだ。

「……シンシア」

名前を呼ばれてシンシアはヒュッと喉を鳴らした。いつの間にかイザークは落ちていた自身の短剣を握りしめている。

ルーカスに命を狙われた時よりも嫌な汗が背中を伝い、恐怖で身体が小刻みに震える。

おもむろにイザークの手が伸びてきたのでシンシアは反射的にぎゅっと目を瞑った。すると、拘束のロープが切られる音がして手首の圧迫感がなくなった。

目を開けて確認すると今度は足首のロープをイザークが切っている最中だった。シンシアは解放された手で口に詰め込まれた手巾を取る。

ロープを切り終えたイザークは短剣を腰に収め、シンシアを一瞥した。

「大丈夫か？　間一髪のところだった。来るのが遅くなってすまない」

申し訳なさそうにイザークが謝ってくる。

（どうしてイザーク様が謝るの？　イザーク様は私のことを殺したいはず。自分の手で殺したいから助けに来てくれた？　それなら、どうして心配してくれているの？）

どう答えるべきなのか、考えても言葉が思い浮かばない。

シンシアはただ口をぱくぱくと動かした。

イザークは反応に困っているシンシアに柔和な表情を向ける。続いて、頬にある引っかき傷を辿るようにゆっくりと指でなぞりながら精霊魔法の治癒で治していく。

治癒を施し終えたイザークは両手で優しくシンシアの頬を包み込むと存在を確かめるように優しく撫でた。何度も撫でられているうちにシンシアの顔に熱が集中していく。

触れられる度にくすぐったくて、そして胸が高鳴ってしまう。

イザークは懐に入れた人間には情が深いとロッテの件で身を以て知った。だが宮殿でルーカスが教えてくれたように、彼はシンシアを処刑したいほど怒っている。それはつまり、シンシアがどんなに努力したところで彼の懐に入ることは叶わないということだ。

絶対にこの想いが報われないことを痛感して、先程までの高揚感が一気に絶望へと染まっていく。内心悲嘆していると、カヴァスがイザークに声を掛けた。

「陛下、この神官はどうするんだい？　魔力封じの薬を飲ませたからもう抵抗しないよ」

カヴァスは睥睨しているルーカスを背にして親指で指す。

イザークは立ち上がると腕を組んで思案顔になった。

「反逆罪だしこのままネメトンに放置して魔物の餌にでもしておくかい？」

カヴァスが残虐なことを口にしたのでシンシアは思わず睨みつけてしまった。それはリアンも同じだったようだ。

「なんて外道な。法治国家である帝国の人間が言うことではありません」

「ははは。冗談だよリアン」

リアンに窘められたカヴァスは慌てて弁解した。

シンシアは拘束されているルーカスをしげしげと眺めた。

睨みを利かせているが殺気はまるで感じない。ただ虚勢を張っているだけのようで、表情には諦念が滲んでいる。

自ずと立ち上がったシンシアはルーカスに近づいた。

危ない、という意味を込めてイザークに腕を掴まれるが、シンシアは大丈夫だと彼の手の上に自身の手を置いた。

眉を顰めるイザークだったが、ややあってシンシアから手を退ける。

シンシアはルーカスに近づいて対峙した。

「……なんだよ」

ぶっきらぼうに尋ねてくるルーカスを前にシンシアはただじっと見つめる。

（ルーカスに殺されそうになった時、不思議と怖くはなかった。だって私を殺そうとした時、人生を悲嘆して生きるのが苦しそうな顔をしていたから）

自分は今までルーカスの何を見てきたのだろう。何を知っていたんだろう。

ルーカスなら大丈夫だと勝手に決めつけてしまっていた。そんな自分が許せない。

気がつくとシンシアの瞳からは涙が溢れ、嗚咽を漏らしていた。

「……ごめん、ごめんね。……ごめんねルーカス」

ずっと側にいたのに、一度もルーカスの悩みと苦しみに気づいてあげられなかった。

いつも兄みたいな存在であるルーカスに甘えてばかりで、ちっとも寄り添えていなかった。そんな自分がつくづく嫌になる。

悲しさと悔しさから涙が溢れてしまう。泣いても仕方がないことは頭では理解していても感情を抑えることはできなかった。

「なんでシンシアが泣くんだよ」

「私はルーカスのことを大切な家族だって思ってる。辛くて苦しいなら私にもそれを背負わせて。ヨハル様もリアンも修道院の皆は私の大切な家族だから。辛くて苦しいなら私にもそれを背負わせて。図々しいお願いかもしれないけどこれ以上苦しんでいる姿は見たくないよ。……川に落とされたあの頃も今みたいに辛そうだったから」

シンシアがあの時の記憶を封じ込めたのはルーカスの最後の表情を見てしまったからだ。自分だけの秘密にして、また今まで通り家族として過ごすために記憶に蓋をしたのだ。だから忘れることにした。なかったことにした。

(でもそれだと、ルーカスの苦しみに寄り添っていないから……)

ルーカスの表情がくしゃりと歪んだ。

「……煩い。今更、そんなこと言っても遅いんだよ」

顔を背けるルーカスのもとに、今度はリアンが近寄ってくる。

「ルーカス。ヨハル様はあなたを見放したわけではありません。確かにここ数年多忙で公の場以外で接する機会が減ったかもしれませんが……。ヨハル様はあなたのことを息子のように大切に思っています」

リアンは肩に下げていた鞄から丸められた羊皮紙を取り出してルーカスに見せた。

紐を解いて広げると題名には嘆願書と書かれていて、ヨハルの署名が入っている。さらに内容はルーカスを予言者に格上げできないかというものだった。

「これを見てもまだヨハル様から愛情を注がれていないとでも？」

嘆願書を凝視するルーカスは信じられないといった様子で呆然と見つめていた。

「あなたは解呪の精霊魔法しか使えない詩人。でもこれまで多くの危険から人々を守ってきました。その功績を称えて予言者に昇格できないか、ヨハル様が他の大神官たちに申し入れをしたのです」

大神官の樫賢者はヨハル以外にもあと二人、アルボス帝国内の教会にいる。ルーカスを予言者にするためには彼らに承認を得る必要があった。

事実を知ったルーカスは俯くと消え入りそうな声で呟いた。

「俺、何やってんだよ……馬鹿だなあ」

シンシアはルーカスの手に触れると治癒の魔法で怪我を治した。

温かな光に包まれた手の甲の傷は癒え、傷口は跡形もなく消えていく。

「俺、ほんと……馬鹿だよなあ」

今度のルーカスは憑きものが落ちた表情で、声を潤ませて呟いたのだった。

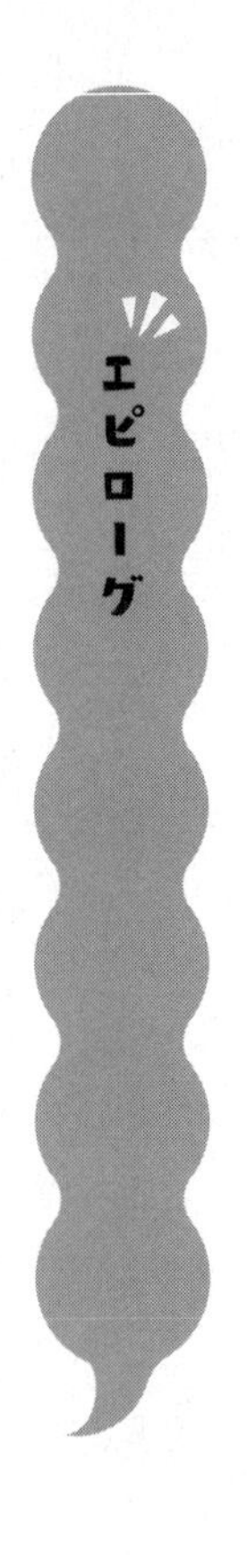

エピローグ

鬱蒼とした魔物の巣くう森・ネメトンの前で聖女姿のシンシアは佇んでいた。

近くには心配そうにこちらを窺うリアンとヨハル、そして護衛騎士の姿がある。

「鞄の中身はきちんと確認しましたか？」

リアンに声を掛けられたシンシアは肩掛け鞄の紐を握りしめる。

「出発前に確認したわ。リアン特製の魔物対策の道具もばっちり入ってるから安心して」

「いいえ、まだまだ心配です。だって、薬湯の効き目が中途半端だったんですから」

まじない程度の効果しかないと思っていた薬湯には魔物の呪いなどの災厄から身を守る力があった。それは毎日しっかり浸かることで効力が蓄積される。

お風呂が嫌いなシンシアは何度もそれを拒んでいたため、薬湯の効果が充分発揮できず、そのせいで中途半端な呪いが掛かってしまっていた。

リアンは腰に手を当てると意気揚々とした様子で人差し指を立てる。

「だから言ったでしょう？　あの薬湯には魔を払うまじないの効果があると！　真面目に入らなかったせいで危険な目に遭ったことを忘れないでください」

「そんなに口を酸っぱくして言わなくても分かってるわ。教会に帰ってから今日のために毎日薬湯に入っていたでしょう？」

シンシアは毎日大人しく薬湯に浸かっていた――正しくはあまりに泣き喚くのでリアンに入っている間、薬で眠らされていた。

「これに懲りたら毎日欠かさず私のお風呂に入りましょう。良いですね？」

「ええっと、それは……」

シンシアはリアンからさっと視線を逸らす。

「シ・ン・シ・ア・さ・ま？」

「その話はまた後で!!」

リアンに凄まれたシンシアは逃れるように離れるとヨハルのいる結界手前まで走った。

「そろそろ時間だシンシア。……だが本当に一人でネメトンへ行って大丈夫か？　護衛騎士をつけて向かった方が良いと思うぞ」

「ヨハル様、問題ありません。自分の身くらい自分で守れます。今から一瞬だけ守護の結界を解くので魔物がこちら側に侵入しないか注意してくださいね。――行ってきます」

シンシアは自分が通る部分だけ結界を解くとネメトンに足を踏み入れた。同時に、背後に何かがいるような気配がする。

不思議に思って後ろを振り向くも、向こう側に魔物が侵入した形跡はなくヨハルたちがいるだけだ。

どうやら気のせいのようだ。

結界を張り直したシンシアは自分自身の周りにも結界を作ると、皆に手を振って目的の場所へ向かって歩き始めた。

一連の騒動の後、ベドウィル伯爵とその一族はキーリによって捕まった。伯爵の屋敷からは禁じられた魔法書の写本や魔瘴核の欠片、そしてその研究にまつわる書類が大量に見つかった。これから余罪の追及が行われるが、既に数々の罪を犯していることから重刑は免れないだろう。

一族の中でただ一人、ルーカスだけはイザークではなくヨハルによって先に裁かれた。リアン曰く、イザークよりも敬愛するヨハルに裁かれる方がよっぽど身にこたえるからだという。

当然のことながらルーカスは階位を剝奪され、組紐文様の肩掛けは没収された。魔力濃度が薄くて魔法が使えない辺境地の教会で一から修練を積むことも決まった。

ルーカスは真摯にそれを受け止めると次の日の夜明け前には中央教会を去って行った。見送った時、ルーカスは心から悔いている様子でシンシアに謝ってきた。もちろんシンシアはルーカスのことを許すつもりでいたが、口を開く前に彼の手に遮られてしまった。一からやり直して戻ってくるまで許しの言葉はお預けだと言うので、その言葉に従うことにした。

（ルーカス、修道士になってとっても良い顔つきになった。詩人の頃は予言者になれないとヨハル様に見向きもされないって思ってずっと不安だったのね）

結局それは単なる思い込みでヨハルはルーカスに変わらず愛情を注いでいた。

シンシアは別れ際に見たルーカスの表情を思い浮かべる。その表情を見る限り、ルーカスがヨハルの愛情に不安を感じることはもうないだろう。

背筋を伸ばして旅立ったルーカスのことを思い出していると、不意にイザークの姿が頭を過る。その瞬間、シンシアは眉尻を下げた。

（イザーク様はあれから元気なのかな……）

ネメトンから宮殿へ帰還した後、シンシアは中央教会へリアンと共に帰された。それ以来、イザークとは一度も会っていない。

教会へ帰される直前にシンシアは自分の身がどうなるのか本人に尋ねた。不敬を働いた上、呪われたとはいえ猫の姿でイザークを欺していたのだ。すぐに処刑されてもおかしくはないと身構えていると、イザークはこちらに背を向けたまま「何も咎めることはない」と言い残してその場から去ってしまった。

以前のシンシアであれば処刑を回避できたことに心の底から喜んだだろう。

しかし今のシンシアは違う。彼に抱いてしまったこの感情に蓋をすることはできない。

叶うなら、もう一度だけ二人きりで会いたい。

（……あれからヨハル様経由で謁見をお願いしてもやんわり断られ続けているのよね）

深い溜め息を吐いていると気づけば目的の場所——泉の前に到着していた。

相変わらず泉は淀んでいて黒い瘴気が発生している。

物思いに耽りながらじっと観察していると、突然横から狐の姿をした魔物がシンシアに襲いかかってきた。くわっと開いた口には何本もの鋭い牙が揃っている。下手をすれば腕を噛みちぎられそうだった。

しかし、狐は空中で見えない壁に激突するとそのまま地面にずり落ちる。

結界を張っていたので狐はそれにぶつかったのだ。

驚いたシンシアは悲鳴を上げた。

（こんなところで考えごとをするなんて不用心だわ。今は目の前のことに集中しないと、この間の二の舞になっちゃう）

シンシアは下げていた鞄からリアンに持たせてもらった痺れ玉を取り出すと、狐の口目掛けて投げ入れる。見事口の中に薬が入ると、たちまち狐はその場に倒れて動かなくなり、きゅうっと悲しげな声を上げた。

「さすがリアン。魔物にも薬が良く効いたみたい！」

感心しながら手に持っている小さな革袋に視線を向ける。

リアンはあれからも精霊魔法が使えることは伏せている。きつく口止めされているのでヨハルすらも事実を知らないだろう。

もちろんシンシアは彼女の意思を尊重するつもりでいる。彼女にはこれまで通り聖女の世話人として過ごしてもらいたい。

（原因不明の瘴気の事件も解決したし、鉄の掟も正しく訂正されるからリアンが今後精霊魔法を使うことはないと思うわ）

誤った内容の鉄の掟が広まっていたせいで、魔王の核の浄化が何百年と滞ってしまっていた。ヨハルが原本を読み直してくれたお陰で事実が発覚し、速やかに改訂されることになった。

シンシアは泉の中にある魔王の核をじっと見つめた。

（確かにこんなに大きいと一人で浄化仕切るのは難しいわ。だけど改訂された鉄の掟が広まって定着すれば、次の聖女に受け継がれて同じように浄化してくれる）

そうすれば漸くこの森にも安寧が訪れるだろう。

シンシアはティルナ語を詠唱して大規模な浄化の魔法に取り掛かった。

光の粒が現れると、はっきりとした組紐文様の魔法陣が魔王の核の真上に浮かび上がる。

渦巻き状に動き始めた粒が泉の上の瘴気を一掃すると、次に魔王の核を包み込む。

次第にそれが消えてなくなると、紫色だった魔王の核が少しだけ青みを帯びたような気がした。

(泉の水を重点的に浄化したから瘴気は暫く発生しないはず)

淀みが消えた泉を見て、シンシアは満ち足りた表情になる。

「浄化も終わったから早く戻りましょう」

うーんと伸びをしながら後ろを振り向くと、シンシアは一瞬固まった。

狐の魔物の数がいつの間にか増えている。

浄化に集中していたので気にしていなかったが、どうやら先程の鳴き声は仲間に助けを求めるためのものだったらしい。数匹以上の狐の魔物がこちらの様子を窺いながらうろうろとしていた。中には中級以上のものも数匹いる。

シンシアは数歩後退った。

「こんなにたくさんだとリアンの薬が足りないよ!!」

自分は守護の結界を張っているので大丈夫だが、問題は帰る時だ。ネメトンの結界を一旦解いてヨハルたちのもとへ戻るため、そうなると自分が通る時に狐の魔物の侵入を許してしまうかもしれない。それに狐の魔物につられて他の魔物たちが寄ってくる可能性だってなきにしもあらず。

(ヨハル様や護衛騎士がいるといっても数が多すぎると対処しきれないわ……)

どうしようか悩んでいると、リーダー格の狐が一鳴きして一斉に飛びかかってきた。

「きゃあああっ!!」

シンシアは悲鳴を上げた。

しかし、すべての狐が横風を受けて森の中へと吹き飛ばされる。次に黒い人影が動いたかと思うと、それは正確に剣で狐の急所を刺して仕留めていく。

(護衛騎士がここまで駆けつけてくれたの？　でも彼は精霊魔法の守護が使えないからここまで辿り着けないはず)

なら、助けてくれたのは一体誰だろう。

立ち竦んでいると茂みをかき分ける音が聞こえてくる。

鬱蒼とした木々の間から現れた黒い人影の正体――それはイザークだった。

「イザーク様？　どうしてこちらに？」

「どうしてって、俺はシンシアを守るために最初から側にいたが？」

「ええっ!?」

シンシアは目を見開いた。ネメトンに入る直前で感じたあの気配はどうやらイザークのものだったらしい。

皇帝陛下が直々に護衛とはなんとも恐れ多い。

シンシアはさっと顔を強ばらせると一礼して謝罪の言葉を口にした。

「申し訳ございません。陛下にとんだご迷惑を……」

「皆まで言うな。これは俺がやりたかっただけのこと。気にしないでくれ」

イザークは頭を下げるシンシアの背に優しく手を置いて上体を起こすように促すと、次に彼はシンシアから離れて泉の側まで歩いて行く。

瘴気のなくなった泉を一目見て「空気が随分澄んだようだ」と嬉しそうに言った。

シンシアはイザークの後ろで指をもじもじとさせた。

折角謁見の機会が巡ってきたというのに、いざ目の前にするといろいろな感情が込み上げてきて何から話を始めて良いのか分からない。

それに加えて今日のイザークはいつもの極悪非道な顔つきとは違い、ユフェの時のように穏やかで柔らかな雰囲気を纏っている。それが却ってシンシアを困惑させた。

どう話を切り出すべきか悩んでいると、イザークがこちらに振り向いて口を開いた。

「森の宴を贈っておいて正解だった。あれのお陰で居場所が分かったんだ」

「あ……」

シンシアは祭服の下にある森の宴に手を置いた。これはイザークが猫であるユフェのために贈った品。呪いが解けたシンシアは猫ではない。もうユフェではないのだ。

(これはお返ししないといけないわ。いつまでも私が持っているのはおかしいから)

服の下から森の宴を取り出そうと手を伸ばせば、それに気づいたイザークに手首を掴まれる。

「この石は別名『精霊の番石』という。番石という名前から分かるように、俺も同じ物を持っている」

イザークは自身の服の下に隠していた森の宴のペンダントを取り出してみせる。それはシンシアが身につけている森の宴とそっくりだった。

「これが秘宝と言われる所以はな、魔力を注入すれば相手の居場所が分かる特別な石だからだ。俺はユフェが危険な目に遭わないよう贈った。でも本当は贈りたい人がずっといたんだ」

贈りたい人がいると聞いてシンシアの脳裏にはフレイアが思い浮かんだ。

わざわざイザークが魔力を注入して居場所を確認し、こんなところにまでやって来た理由は大事な秘宝を返してもらうためなのだろう。

(妃候補でもない私が持っているなんて周りにバレたらきっと騒ぎになってしまうわね。……仕方ないわ)

胸がちくりと痛んだ。これがイザークを感じられる唯一の品だったのに。

シンシアは服の上から森の宴を撫でると、小さく息を吐いて覚悟を決めた。

「分かりました。では今すぐに森の宴はお返しします——って、なんで手を放してくださらないんですか？　これだとお返しできません!!」

手を動かそうとすると頑なにイザークに止められる。

「だから言っているだろう。贈りたい人がいると」

「はい、分かっておりますとも！　だからきちんとお返ししませんと!!」

そう言っているのにイザークの手はがっちり掴んで動かすことを許さない。半ば取っ組み合いになり始めたところで、とうとうシンシアは叫んだ。

「なんで放してくださらないんですか!!　ちゃんとお返ししないとフレイア様に贈れないでしょう!!」

するとイザークが目を瞬いて首を傾げた。

「なんでここでフレイアが出てくるんだ？」

「フレイア様は将来、イザーク様の妃となられる方です。あの方へ贈るために返して欲しいんですよね？」

シンシアが真剣な顔で尋ねるとイザークが全力で否定した。

「違う、待ってくれ。フレイアは妃候補にはなっているが俺からすれば可愛い妹だ。それにあの子が本当に好きなのはキーリだから結婚なんてあり得ない」

「えっ!?　フレイア様の想い人はキーリ様なのですか!?」

これまで恋をまともにしたことがなかったため的外れなことを言ってしまったようだ。

青ざめたシンシアは透かさず謝罪する。

「見当違いなことを口にして申し訳ございません。別の方だったんですね。でもイザーク様の贈りたい方にきちんとお渡しできるよう森の宴はお返ししますから！」

するとあせれたようにイザークが口を開く。

「だから俺が贈りたいのは……俺がずっと好きなのは……」

そう言って一旦口を噤むと、真っ直ぐシンシアを見つめる。

「――今、目の前にいる人だ」

消え入りそうな声でイザークに真実を告げられる。

照れているのか彼の頬がほんのりと赤い。

「え……？」

イザークは好きな人が今、目の前にいると言った。

これは聞き間違いではないのだろうか。

呆然と立ち尽くしていると、イザークが優しく両手を握りしめてくる。その瞳は潤んでいて、どこか切なげで恋い焦がれているようだった。

訝しむシンシアは探るように口を開く。

「イザーク様、それはおかしいと思います。だってあなたは戴冠式の時からずっと私のことを処刑したかったはずです!!　……はっ、これが世に言うところの幻覚なの!?」

まさか魔王の核の浄化で力を使いすぎてしまって聖力が弱まり、幻覚を見ているのだろうか。

周章狼狽しているとイザークがツッコミを入れた。

「俺を瘴気の幻覚扱いするな。咎めはしないと以前言ったはずだろう。それになんで俺がシンシアを殺さないといけないんだ？」

「えっ、なんでって……それは私が伺いたいです!! 戴冠式の時からずっと怖い顔で私のことをご覧になっていましたし、猫だって欺しましたし。うっかりトマトジュースを零してお召し物を汚してしまいましたし、猫だって欺しましたし。それに猫の間は聖女の仕事をほぼ放棄していましたので……ここはやっぱり潔く斬首ですね!?」

「するわけないだろう！ 俺はシンシアが見つからなくてずっと生きた心地がしなかった。ずっと心配してたんだ!!」

シンシアの心臓の鼓動が一度大きく跳ね、そして一気に速くなる。

「え、嘘……だって……」

イザークが顔を手で覆って溜め息を吐くと「嘘じゃない」と否定する。

「怖がらせたのなら謝る。俺は……シンシアを見るとどうにも嬉しくなってしまう。でもそれだと皇帝たる威厳が損なわれてしまうから、保つように目に力を込めていた。本当にすまない」

今までずっと鋭く睨まれて、嫌われているとばかり思っていた。だからイザークを好きになってもこの気持ちが成就することはないだろうと思っていたのに。

（私がイザーク様を特別だと思うように、あなたも私が特別なの？）

そう思ったところで、腑に落ちない点が一つだけ残る。

「なら、どうして私が謁見をお願いしても会ってくださらなかったんですか？」

「それは……」

イザークは言い淀むがシンシアの真剣な眼差しを受けて、躊躇いながらも話してくれた。

「ユフェがシンシアだなんて思ってもみなかったから。だからその、今までやってきたスキンシップの数々がシンシアだったと思うと恥ずかしくなって……死にそうになった」

話すに連れて頬を真っ赤に染めていくイザークは口元に手をあててシンシアから視線を逸らす。

「イザーク様」

その様子を見てシンシアは思った。

──この人はなんて可愛い人だろう。

途端に、心の底から愛おしさが込み上げてくる。

「……イザーク様、本当はとっても可愛い人なのね。……やっぱり、好きだなあ」

知らないうちに心の声が漏れてしまう。しかし、シンシアが気づいた時には遅かった。

腕を掴まれてイザークの胸へ引き寄せられると美しい紫の瞳に捉えられる。そのまま影が落ちてきたかと思うと唇に熱を帯びた柔らかな感触がした。

シンシアはたった今起きたことに声なく叫ぶ。

顔に熱が一気に集中してとても熱い。自分の手で頬の熱を確認していると、イザークの楽しげに笑う声が耳に入る。

「俺なんかよりシンシアの方がよっぽど初心で可愛いな」

「……っ!!」

恥ずかしさでいっぱいになったシンシアはイザークに背を向ける。

(処刑は回避できたのにこれじゃあ私の心臓が持ちそうにないわ。止まってしまう!!)

あたふたしているとヴェール状の頭巾とシンシアの美しい金色の髪が風で靡いた。

清められた泉の上を爽やかな涼しい風が駆け抜ける。

シンシアは熱っぽい頬でそれを感じながら、暫くはイザークの顔を見られそうにないと心の底から思ったのだった。

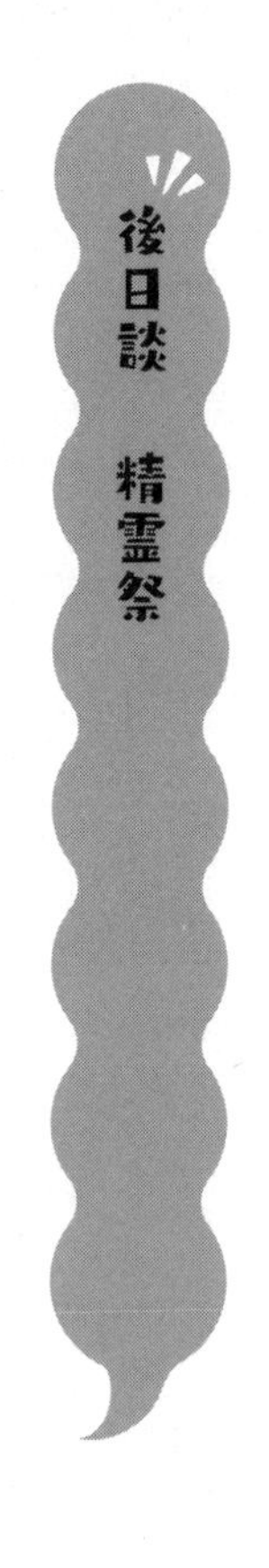

後日談　精霊祭

朝から中央教会では老若男女問わず多くの人が集まって賑わいをみせていた。

今日は精霊女王や精霊に日頃の感謝を捧げ平和を祝う祭典――精霊祭だ。年に一度のこの祭りは建国祭や収穫祭と並んで国民の間で親しまれている。

聖堂で祈りを終えた人々は列をなし、出口で聖職者たちが配るティルナ語の祝福を受けた七種の花――ベルフラワーやスズラン、レンゲソウ、キンポウゲ、デイジー、レースフラワー、ワスレナグサ――のうちの一種を受け取って教会をあとにする。己の願いを花に込めながら街を練り歩き、最後は街の中を流れる河に浮かべて流すのが習わしだ。

その日、修道女姿のシンシアは瓶底眼鏡を掛けて聖堂から出てくる人に花を渡していた。

「修道女様、すみませんがもう一輪、花をいただけないでしょうか？」

デイジーの花を渡したところで青い瞳の女性が言いにくそうに尋ねてきた。

シンシアは頷くと籠から女性の瞳と同じ青色のワスレナグサの花を手渡した。

「どうぞお受け取りください。あなたの想いが叶いますように」

女性はたちまち顔を朱に染めて恥ずかしそうにしながら受け取った。

いつからこうなったのか分からないが七種の花を想い人と交換することができれば片想いの人は恋が実り、両想いの人は円満な関係を築けると言われている。特に自分の身体の一部と同じ色の花であればあるほど、そしてそれが教会の提供する花であるほど効果は高いとされている。

（どうか、うまくいきますように）

シンシアはこれから想い人へ告白しに行くであろうその女性の背中にエールを送った。

教会側が精霊祭で執り行うものはすべて午前中に終わる。あとの行事といえば、地元の商人たちが街の広場で夜遅くまで開くマーケットで楽しく過ごすくらいだ。

「ふう。やっと終わったわ」

正午を告げる鐘が鳴り響くと聖職者たちは教会の門を閉じて片付けに取り掛かった。それが終われば一般人と同じように聖職者も羽目を外さない程度には祭りを楽しむことが許されている。それは聖女のシンシアも同じだった。

（早く着替えて待ち合わせ場所に行かないと――イザーク様が待っていらっしゃるわ）

ネメトンでイザークと両想いになったは良いものの、あれからまだ一度もイザークと会えていなかった。

お互い忙しいため、精霊祭の午後は一緒に過ごそうと約束してその日は別れたのだった。

（もうすぐイザーク様に会える！）

今日という日を指折り数えて待ち望んでいたシンシアは息を弾ませて修道院に戻った。

しかし世の中そううまくはいかないらしい。突然お忍びでやってきた別教会の神官のせいでヨハルから接待を頼まれ、かり出されてしまった。

結局、シンシアが待ち合わせに向かったのは夕闇がすぐ迫る頃だった。いつもの瓶底眼鏡を掛け、地味で目立たない装いで賑わう群衆の中をかき分けながら目的地へ急いだ。

場所は中央教会からほど近い公園だ。次の角を右に曲がればすぐに公園が見えてくるだろう。早く会いたい。そう思ってシンシアが歩く速度を上げていると、突然前から酔っ払いの大男がぶつかってきた。

「す、すみません！」

よろけてぶつかってきたのはあっちだが時間もないので謝ってその場を収めようとする。

「おおっと姉ちゃん。すみませんじゃねえだろうがよ。こちとら今ので腕が折れちまった」

シンシアよりも図体のでかい男がぶつかって骨が折れるなど言いがかりにもほどがある。それが事実ならシンシアの方は今頃腕の骨が砕け散っているところだ。

「なあ嬢ちゃん、おじさんを介抱してくれよ？　――の前に、顔がよく見えねえな」

男はシンシアの腕を摑むと、無遠慮にもう片方の手を伸ばして瓶底眼鏡を奪った。

「ちょっと、やめてください！　それを返して!!」

「へえっ！　眼鏡の下はすげえ別嬪なんだな。これなら介抱のされがいがある」

相手はどうやらシンシアが聖女だとは認識していないらしい。眼鏡を明後日の方向に放り投げるとシンシアを暗い路地裏に連れ込もうとした。シンシアは恐怖で身体が硬直する。

（柄の悪そうな人についていったら生きたまま臓物をえぐり出されるから気をつけろって小さい頃にリアンが言ってたわ。このままだと恐ろしい目に遭う！　だ、誰か助けて――）

心の中で助けを求めていると、路地裏の暗がりから男の顔面目掛けて拳が飛んできた。

みしり、と嫌な音がしたようだが男は声すら上げずにその場に倒れ込んだ。

「――薄汚い手で触るとは良い度胸だな」

闇の中には炯々と光る紫の双眸が浮かんでいる。姿を現したのは一般人の恰好をした、白のシャツに黒のベストとズボン姿のイザークだった。

「助けてくださりありがとうございます。あと、来るのが遅くなって申し訳ございません」

感謝と謝罪の両方を口にするとイザークがシンシアの口元に人差し指をあてる。すると周りの景色が一変し、ハルストンの街を見晴らせる丘の上に転移していた。瓶底眼鏡もしっかり回収してくれていたようで、イザークが手渡してくれる。

「人払いをしているからここには誰も来ない。無事で良かった。さっきのは肝が冷えたぞ」

イザークは安堵の息を漏らすとシンシアをきつく抱き締める。

漸く会えて嬉しさのあまり思わずといった様子だがシンシアの方はギョッとした。

「あの、イザーク様放してください！」

シンシアが必死の抵抗を見せるとイザークがショックを受けたような悲しい顔をする。

「そんな顔しないでください。胸ポケットのキンポウゲが潰れないようにしただけです」

弁解するために、慌てて胸ポケットに挿していた黄色のそれを取り出した。ティルナ語を詠唱して祝福の言葉を込めると、シンシアは腕を伸ばしてイザークの耳の上に挿す。

「ずっとこれをイザーク様にお渡ししたくて。その前に潰れてしまうのは嫌なんです」

一瞬、きょとんとしたイザークだったがすぐに表情を緩めると、自身もシンシアに習って胸ポケットに挿していた紫のベルフラワーを手にしてティルナ語を紡ぐ。

同じようにシンシアの耳の上に挿し込むと、顔を近づけて優しく口づけを落とした。

薄くて柔らかな、けれど熱を帯びたそれは唇を堪能するように、何度も触れては放れるを繰り返す。最後に深く口づけてぺろりと唇を舐めると漸くシンシアから離れた。

初めての深い口づけにシンシアは目の前がくらくらとして身体の力が抜けそうになった。

イザークが気遣って優しく身体を支えてくれるが、心なしか楽しそうだ。

「これでシンシアとの関係がもっと良くなると嬉しい。……それとも、まだ足りないようなら続けようか？」

どこか悪戯っぽい口調で話すイザークに、シンシアは顔を真っ赤にして声を呑む。

嗚呼、やっぱり心臓が持ちそうにない！　と、心の中でシンシアは叫んだのだった。

あとがき

この度は本作をお手にとっていただきありがとうございます。小蔦あおいと申します。
こちらの作品は魔法のｉらんど大賞２０２０コミックシナリオ大賞でファンタジー・歴史部門賞を受賞した作品の小説版です。コミックだけでなくまさか小説としても形にできるなんて夢にも思いませんでした。憧れだった角川ビーンズ文庫様で出版できて大変光栄に思います。

本作は心優しいけどうっかりな聖女・シンシアと残虐で恐ろしいと噂の雷帝・イザークのすれ違いラブコメです。シンシアの勘違いっぷりや、ユフェの正体を知った後のイザークの反応は書いていてとても楽しかったです。

書き下ろしの後日談はイザークの恰好良さに加え、二人の甘々な様子を意識して書きました。いかがでしょうか？　お楽しみいただけたのなら幸いに思います。

イラストは霧夢ラテ先生によって美少女なシンシアと良い意味で顔面凶器さが滲み出ているイザーク、可愛いユフェ。と、とっても素敵に描かれております。……イラストを拝見する度に一人でにやにやしていました（笑）

霧夢ラテ先生には感謝してもし足りません。本当にありがとうございます。

最後になりますが改稿の相談に乗ってくださった担当様には大変お世話になりました。悩む度にいろいろとアドバイスをいただき、一緒に本作と向き合ってくださいました。本当にありがとうございます。

また、出版に携わってくださった皆様、そしてこの作品を手に取ってくださった皆様に心より感謝申し上げます。

『呪われ聖女』は小説版とこれから始まるコミック版（漫画：群青街先生）とで少しだけ展開が異なります。同じお話ではありますが、一粒で二度美味しい仕様になっておりますので、是非コミック版もお楽しみください。

それではまたどこかでお会いできますように。

小蔦あおい

「呪われ聖女、暴君皇帝の愛猫になる 溺愛されるのがお仕事って全力で逃げたいんですが？」の感想をお寄せください。
おたよりのあて先
〒102-8177　東京都千代田区富士見2-13-3
株式会社KADOKAWA　角川ビーンズ文庫編集部気付
「小蔦あおい」先生・「霧夢ラテ」先生
また、編集部へのご意見ご希望は、同じ住所で「ビーンズ文庫編集部」
までお寄せください。

呪われ聖女、暴君皇帝の愛猫になる
溺愛されるのがお仕事って全力で逃げたいんですが？
小蔦あおい

角川ビーンズ文庫　23031

令和4年2月1日　初版発行

発行者———青柳昌行
発　行———株式会社KADOKAWA
〒102-8177　東京都千代田区富士見2-13-3
電話 0570-002-301（ナビダイヤル）
印刷所———株式会社暁印刷
製本所———本間製本株式会社
装幀者———micro fish

ISBN978-4-04-112241-9C0193 定価はカバーに表示してあります。　◇◇◇